忍びの滋賀
いつも京都の日陰で

姫野カオルコ
Himeno Kaoruko

小学館新書

忍びの滋賀　目次

第1章

自虐の滋賀——哀愁のあるある

長寿も一位、忘れられるのも一位

超難問を出題する。

『厚生労働省2015年の都道府県別長寿ランキングで、男の第1位・女の第4位になったのは□□県である。□□の中に県名を入れよ』

できましたか？

超難問のはずである。なぜなら□□県は、あるTV番組での街頭アンケート（都道府県名を思い出せるだけ言ってもらうアンケート）で、〈最も人から忘れられる県・第1位〉に輝いた県でもあるからだ。

□□の中には「シガ」と入る。

「なーんだ、長野県か。前から長寿で有名だもんね」

と思った人が100人以上いるはずだ。これまでの数多（あまた）の経験から断言する。

「え、ちがうの？　だってスキーするシガ高原のあるとこでしょ」

と思う人が、いっぱいいるのだ。これまでの数多の経験から断言する。

長野県にあるのは志賀高原だ。□□県にはない。
□□の中に入る文字は「滋賀」だ。
滋賀県は、むかしは近江といった。

近江高校という、比較的新設の私立高校が、夏の甲子園高校野球で決勝戦に進んだ年がある。〈最も人から忘れられる県・第1位〉の代表高校が決勝戦に勝ち進むなどという、忘れられる県にあるまじき快進撃をしたところ、どうなったか？

台風が来た。

忘れられる滋賀県は、高校野球史上、一度も優勝したことがない。戦前の旧制中学野球も含めた高校野球史上である。それがこの年に決勝戦まで進んだ。「これは雨でも降るんじゃないか」と思っていたら、雨どころか大型台風だ。実に26年ぶりの決勝戦延期となった。

延期された日、私は近所の体育館のランニングマシーンでハムスターのように走っていた。私はダンス*をするので、普段はこんな機械を利用しないのだが、台風のせいで、この日はレッスンが休講となり、しかたなく使ったのである。


*ジャズダンス、エアロビクス、ベリーダンス等

マシーンの前にはＴＶが何台かあり、高校野球のニュースを伝えている。

するとインストラクターがそばに来て、言った。

「決勝戦、延期になりましたね」

「ハッハッ（笑っているのではなく、走っている息）。そうですね」

「姫野さんは、出身はどちらですか？」

「滋賀です」

「じゃあ、習志野高校を応援してたんですね。惜しかったですね」

「フッフッ（気取っているのではなく、走りながら「？」になっている息）」

（習志野？　なぜ私が習志野高校を応援せなあかんの？）

フッフッとさらに息を吐いたのち、

（もしかして……）

汗だくの額に過去の思い出がよみがえった――。

ふしぎな部屋割

夢多かりし若かりしころ。

セーラー服の私は、旺文社ラジオ講座のサマースクーリングに参加した。田舎町の高校で、東京でおこなわれる、出版社主催のスクーリングに参加する同級生は、滋賀県の高校が甲子園で優勝したことがないのと同様、ゼロだった。しかも私が女子だったので、

「ひえー、サマースクーリングたらいうスイなもん、怖いわあ」

「東京に行かはるの？　いやー、変わってはるなあ」

「女子でようもまあ、そんな豪儀(ごうぎ)なことを……」

同級生のみならず先生まで驚いた。千人針を渡してくれそうな勢いだった。

トカイ（大都市）出身の人には、周囲のこんな反応がわからないとは思う。彼らの声に含まれるニュアンスが。「変わってはるなあ」は、「気に入らない」「キライだわ」の婉曲表現である。人とちがうことをすると鼻につくと思われるのは、世界各国、およそ人が社会を構成しているところではおこることなのだが、田舎の、それもド田舎ではない程度の田舎の町では、この圧力が大都市よりずっと強いのである。インターネット普及後よりずっと圧力が強かった。

なものだから、田舎の女子高校生の私は、新幹線の中では、こうした田舎への反発心をバネにして、自身をしっかとさせていたが、東京駅について乗り換える段になると、「このホームでええんやろか」「ここで乗り換えでええんやろか」等々、うってかわって不安になり、心細くマジソン・スクエアガーデンのボストンバッグ（当時、大流行していた）を提げて、おどおどしながらサマースクーリング会場まで行った。


会場は代々木オリンピックセンターである。

受付をすませ、係員に教示された部屋に行く。

ベッドが五つある。四つは窓を頭にタテに並び、それらの足元に、一つだけがヨコに置かれている。本当は四人部屋なのを、ここだけ五人部屋にしたようだ。

しばらくすると四人がそろって入ってきた。挨拶と自己紹介をした。四人は全員、千葉県の高校生だった。そろってタテのベッドを使いたそうだったので、

「ほな、私がこのベッドでええわ」

私は一つだけヨコに置かれたベッドにバッグを置いた。

ティーンの女子ばかりだから、たちまち和気あいあいになった。

「あたしたちはみんな千葉で、高校もみんな同じなんだ。え、一人で参加したの？　へえ、勇気あるんだー」

「一人で参加したから、あたしらの部屋にポコッと入れられちゃったんだね、きっと」

「参加人数が4で割り切れなかったんだよ」

千葉の女子高校生たちは言った。私も、そんなとこだろうと思った。

スクーリングなのだから、ほどなく講義がはじまる。席は自由だから、いくつか講義を受けているうちに、隣の席になった子と仲良くなったりする。大阪の子と和歌山の子と知り合いになった。

「へんやなあ。うちらの部屋は大阪と兵庫の子やで」

「うちらのとこかて京都と奈良と和歌山や」

「男子かてそやで。東北の子は東北同士、関東の子は関東同士、九州の子は九州同士、近畿の子は近畿同士ていう部屋割やのに、なんで自分*、千葉の子らの部屋なん？」

「ほんまや。なんでやろ？」

＊自分＝関西方言で「あなた」「きみ」の意

みんなで首をかしげたオリンピックセンター――。

新聞ですらまちがえる

――台風で甲子園野球の決勝戦が延期になった日にもどろう。

「習志野高校を応援してたんですね」と言うインストラクターも、旺文社サマースクーリング事務局も、犯したミスはまったく同じである。

そうだ。

スポーツインストラクターも、旺文社社員も、シガとチバをまちがえているのである。

近畿地方ではシガとチバは混同されない。発音したときのイントネーションが全然ちがう。ところが標準語では、シガとチバのイントネーションは酷似している。旺文社といえば、学力テストも開催している、いわば勉強出版社である。そんな会社の社員にして、まちがえるのだ。そういえば滋賀県代表校が初めて決勝戦に出たこの年より少し前に、滋賀県から初めて直木賞候補作が出て、それが私の小説だったのだが、ある新聞には「姫野カオルコ（千葉出身）」と載っていた。新聞もまちがえるのである。

「千葉じゃなくて、滋賀です」

私は走りながらインストラクターに言った。

「えっ、滋賀？　あっそうか。かんちがいしてました」

インストラクターは手を打ち、言った。

「姫野さんは九州出身なんですね」

それは佐賀だとは、もう私は訂正しなかった。

わが出身地は、

〈男女ともに身長の高い県・第1位〉

にも輝いたことがある。何年度の調べかは忘れたが。

では、最後にまた問題です。

『男の長寿第1位で、人から忘れられる第1位で、男女の高身長第1位にもなったことがあるのは□□県である。□□の中に県名を入れよ』

よもや、「え、チバ？」「え、サガ？」、あるいは「えっとギフだっけ？」などと迷っておられないでしょうね？

通過してても気づかない

「日本人はうさぎ小屋[*]に住んでいるとガイジンから報告された」ことが1979年に、ちょっとした流行になった。たしかに大都市部の集合住宅の各部屋は狭い。狭い部屋を上手に使うコツは？　大きな物は隅に寄せて動線の邪魔をしないこと。インテリアコーディネーターを目指すような人でなくても知っている基本中の基本だ。

「応接間だからといってソファセットを部屋の中央に置かず、思い切って壁沿いにL型に置いてみましょう。それだけでぐーんと広く感じられて、のびのびしますよ」

みたいなアドバイスが、インテリア特集の雑誌やTV番組でなされている。こうしたアドバイスは、滋賀県民には身に沁みる。滋賀県民でなくとも、

「県面積のうち琵琶湖が占める割合は？」

この質問の答えを知れば、他県民も身に沁みるであろう。

県面積の1／3とか1／2とか、極端な人によっては9／10などと思っている人がいる

＊非公式のEC『対日経済戦略報告書』での表現の些か誤訳らしい

ようだが正解は1／6である。正解を教えると、それこそ9／10くらいの人が、

「えーっ、たった1／6！」

と、びっくりする。実は自分も中学生のころに知って意外だった。どうでしょう。大きな物が真ん中にあると部屋が狭く感じられますというインテリアアドバイス、他県民の方も身に沁みませんか？

しかし、県面積のうち琵琶湖が占める割合の正解率は低くとも、

「日本で一番大きな湖は？」

という質問の正解率は（大人なら）10／10だと思う。よって、

「日本で一番大きな湖は何県にあるでしょう？」

という質問の正解率も（大人なら）同様に10／10だと思っていた。

関東にずっと住んでいれば佐賀県と宮崎県の位置があやふやになるかもしれないし、東北にずっと住んでいれば島根県と鳥取県の位置が、甲信越にずっと住んでいれば愛媛県と香川県の位置が、関西にずっと住んでいれば茨城県と栃木県の位置が。どの県にかぎらず、自分の住まいから離れた地方の地理関係はあやふやになりがちだ。だが、北海道と沖縄を

まちがえる人はまずいない。伊豆、佐渡、高知なども。

が、琵琶湖というのは、本栖湖や宍道湖や池田湖が何県にあるかとはちがい、「何県だっけ??」とはならない湖だと思っていた。だからこそ、出身はどこかと訊かれれば、チバやサガと聞きまちがえられる危険を防止するために「琵琶湖のあるところです」と答えるように工夫していた。過去形である。琵琶湖が何県にあるかわからない人も、けっこういるのである。「いくらなんでも、そんなことないだろ」と思われたあなた。次を読み進めていかれたら、あなたも過去形になりますって。

愕然のリポートを現場からお伝えしよう。

京都人になりすます

ある日、渋谷駅近くでチラシを手渡された。「このチラシ持参の方、初回サービス、足もみ20分700円」とある。ちょうどダンスのレッスン直後だったので足が疲れていた。ものすごく小さい一室を店にしているところで足を揉んでもらうことにした。

「今日は午後から雨があがってよかったですね」

「ええ、そうですね」

カーテンで囲まれた小さい部屋では気づまりさを避けるために、こういう会話は出る。

「ご出身はどこですか」

この質問も、こういうときには、わりに出る。

「滋賀県です」

私は答えた。またチバやサガと聞きまちがえられるのかなあと心配しつつ。

揉んでくれている人（マッサージは国家試験に合格してできる行為であって、そうでない場合はリラクゼーションだから、国家試験に合格していない人はマッサージ師や指圧師ではないと問題になっているので、こう呼ぶ）は、

「滋賀県……」

と復唱した。

「滋賀県というと……」

揉んでくれている人の声の調子からも、指の力の弱まり方からも、地理関係があやふやなことが足に伝わってきた。

「琵琶湖のあるところです」

「ああ、琵琶湖」

揉んでくれている人の指の力がきゅっと強まる。よかった。琵琶湖なら、だれもがわかるアイテムだ。私がほっとしたのもつかのま。揉んでくれている人は言った。

「京都ですよね」

と。出身はどこかという質問に、まず滋賀県と答え、滋賀県は琵琶湖のあるところだと補足しているのに、なぜ「京都ですよね」となるのだ。

「いや、京都の隣の県です。琵琶湖のあるところ」

「ああ、京都の郊外のほうですね」

なんでそうなるんだよ！　と怒鳴りそうになったが、

「……ええ」

もうよい。地理の説明はもうよい。７００円は20分しかないのだ。私はもう、京都の郊外の出身者になりすましてしまった。

井上章一さんは、御著者『京都ぎらい』などで、嵯峨出身であることで、京都洛中の出ではないと鼻で嗤われた経験を語っておられ、それがまた世界のＫＹＯＴＯの格式の高さと伝統を語る結果となり、教養豊かな洒脱な随筆として人々を感嘆させるが、私のこの、足揉み20分初回サービス７００円での、京都人なりすましエピソードは、どう処理されるのだ。

「いくらなんでも、そんなこと」と、関西在住者は思うかもしれないが、この足揉みセンター（仮称）の人の話は実話である。琵琶湖の位置がわからないというより、

《琵琶湖は京都の郊外にある》

と思っている人が、関西以外には、けっこういるのである。

《琵琶湖は京都の郊外にあって、琵琶湖大橋というのがかかっていて、その橋では舞子さんが、肩幅に足をひろげて、立位体前屈のようなポーズになり、両足のあいだから、逆さになった湖の景色を見る。滋賀県の県庁は津市にある》

と思っている人がけっこういるのである。

けっこういるから、このさい説明しておく。

立位体前屈で景色を見る（＝またのぞき）のが美しいとされているのは京都府北部の宮津

市の砂洲の天の橋立だ。宮津市は京都府で、津市は三重県で、滋賀県にあって琵琶湖大橋に近いのは大津で、舞子さんが歩くのは京都市内の花街である。

しかし。まだしも。

こうした誤解をする人々は、まだしも琵琶湖の位置をそこそこにわかっている。

次の東京都港区からのリポートは、滋賀県民を慄然とさせること必定である。

慶応ボーイは鮎を気にする

では港区からのリポート。

とてもおいしいピッツェリアがある。安くておいしいワインもそろっていて、ワインにそこそこ詳しい学生さんがバイトをしている（学生なのでそう長くは続かないが）。

私が行った問題の日は、慶応大学の男子学生さんだった（店主さんが他の客に「今月から慶応の子にバイトに入ってもらってるんですよ」と言っているのが聞こえた）。二重の意味で慶応ボーイ（慶応ボーイのボーイさん）である。

この店はピザがメインだが、ワインに合う肴（さかな）がいろいろある。それがまた季節ごとにち

がっておいしい。問題の日は、黒板に本日のおすすめとして、

「コアユ（琵琶湖産）のエスカベッシュ」

とあるではないか。

コアユは小さいのでエスカベッシュに向いている。白ワインとどんぴしゃにちがいない。ワインリストにはソアヴェがある。私の口の中にはすでに、エスカベッシュの苦みと酸っぱみが、ソアヴェの、桐のタンスに似た香りとともにサワッと喉を通っていくかんしょくがして、よだれが出てきた。

「これをお願いします」

件の慶応ボーイに注文する。

ワイングラスとソアヴェがすぐ来た。次にはコアユのエスカベッシュが運ばれて来るうれしさで、飲酒前から気分が高揚し、彼に話しかけた。

「今日は他のお客さんにもコアユのエスカベッシュを出しました？」

「はい、今日は、これ人気ですね」

「じゃ、形状をごらんになったですよね。小さいでしょう？」

「はい。コアユですもんね」

「あれ、鮎の稚魚だって思ってません？」

「ええ、思ってます。ちがうんですか？」

「あれは成魚なんです」

〈えっへん〉という心地で、私は滋賀県出身者として自慢した。

琵琶湖の鮎は、川に棲（す）む鮎よりぐっとサイズが小さい。琵琶湖中にいるので、小さいままなのだ。体長は12㎝前後で、スーパーに売っている体長18㎝くらいの養殖の鮎を見慣れている人はつい、鮎の稚魚だと思ってしまうが、このサイズで成魚なのである。だから「豆柴（犬種）」みたいに、わざわざ「コ」をつけてコアユというんである。

「へえ……」

慶応ボーイの顔に感心した表情が浮かび、私の顔にも自慢欲が満たされた表情が浮かびそうになったのだが、ストップした。

「鮎のこと、よく知ってるんですね」

彼の感心ポイントが、予想外だったからだ。

「え……？」

とまどった。私は鮎ではなく、琵琶湖の自慢をしたかったのである。琵琶湖の個性を自慢したかったのである。

（でもまあ、琵琶湖産のコアユについて知ってもらえたのならよかったか……）

とは思うものの、どうも、意図した満足感が薄れていくような……。

「釣りをされるんですか？」

微妙な表情の私に彼が訊いてきた。

「いえ、釣りはしないんですけど、私、滋賀県出身なんで」

答えた私は、当然、「なーるほど！」と返されると予想する。ところが、

「滋賀県出身……」

慶応ボーイは小声で首をかしげて復唱するのである。

（もしかして、また位置がわからないのか？　大学から慶応なのではなく、幼稚舎から慶応で、東京生まれの東京育ち……？　港区から出たことがないとか？）

席から見上げると、

「滋賀県だと、なぜ鮎のことをよく知ってるんですか？」

慶応ボーイはとにかく鮎が気になるらしい。

「だからその、琵琶湖のコアユはおいしいですね……」

〈えっへん〉と自慢したかったのに、私の態度はしだいに〈おどおど〉になってゆく。

「琵琶湖」

慶応ボーイは中空を見つめる。

不安だ。なぜ「琵琶湖」と、ひとことで終わるのだ。私の態度は〈おどおど〉から、さらに〈びくびく〉になる。

「だからその、琵琶湖のほとりの出身だから……」

小さな声で言った。

「へえ……。琵琶湖というのは、滋賀県にあるんですね」

慶応ボーイのこの発言に、私は息をのんだ。

幻の湖

ここまでで原稿を担当編集者に電送しようと思った。が、神奈川県横浜市瀬谷区からのリポートも続ける。

2018年4月18日のことだ。慶応ボーイのエピソードの原稿を、電送前にもう一度読み直ししようと思い、いったんPCを切り、ダンスのレッスンに行った。

帰り際、ロッカーキーをフロントに返すさい、スタッフ（23歳・男性）が、

「ゴールデンウィークはご旅行に行かれたりするんですか？」

と、にこやかに挨拶してくれた。

「いやー、混むので……。ここのスタッフさんは行く人が多いんですか？」

「シフトによるんです。ぼくはちょうど連休中がオフに当たったんで行こうかなと……」

「海外？」

「いや長くとれないから国内で」

こんなふうな話をした。つまり、いきなり質問したのではないし、旅行に行くと相手が

言ったので、とても自然に質問したはずである。

「へえ、そうなんだ。ねえ、琵琶湖って何県にあるかわかる?」

「琵琶湖……」

みるみる彼の眉間にシワがよった。

「わかりません。すみません」

頭を下げられてしまった。

「い、いえ。いいんですよ、ちょっと訊いてみただけだから」

私の眉間にもショックでシワがよる。

だれだってかんちがいすることがあるし、知識にも分野によって得意不得意がある。私など不得意分野のほうが圧倒的に多いし、支笏湖と摩周湖の位置があやふやだ。でも、北海道と九州はわかる。琵琶湖も、それくらい、日本人にはわかるものだと思っていた。

「そうじゃなかったんだ!」

というショックは、たいへん大きかった。

以前、『週刊文春』に「ホリイのずんずん調査」という連載があった。ある回が「行ったことのない県」というランキングだった。

連載書き手の堀井憲一郎さんは、洛中か否かまでは存じあげないが、井上章一さんと同じく、京都出身である。堀井さんはこの調査を「東京に住んでいる知り合い」と「京都に住んでいる知り合い」に聞き、結果を発表されていた。

その結果、けっこう滋賀県が上位に入っていて、

「京都に住んでいて滋賀県に行ったことがないっていうのはどうなんだろう。それに東京から京都に来たことがある人だったら通過せざるをえないのだから、滋賀県に行ったことがないはずはない。通過していることに気がついていないのか」

との旨、堀井さんはコメントされていたが、そうなのである。

気づかれていないのである。

井上さんも堀井さんも、自分の出身地を答えて、「京都？　どこでしたっけ？」「えー、そのー、滋賀県の隣です」と、そんなこと言いたくないけどそう言うしかない目に遭ったことなどなかっただろうし、この先も一生ないだろう。

だが、滋賀県というところは通過してても、比叡山にデートでドライブに来て車内セックスをしても、滋賀県に来ているとは気づかれないところなのだ。琵琶湖がどこにあるかなど、滋賀県民しか知らないのだ。

『幻の湖』という、橋本忍監督の鬼作があったが……。大鬼作だったが……。

そうだ抗議、しよう

「いまの入試」と「むかしの入試」

夏休み。

蠱惑(こわく)のことば。

夏休み。

「わーい」

何歳になっても胸おどる。若いころならもっと。

だが、胸のおどりを抑えて、机に向かって勉強すべきは、大学受験を控えた受験生諸君。

ワクワク、もやもや、ムラムラしてばかりの若い日々だろうが、《夏は心の鍵を 甘くするわ ご用心》だ。歌が古くて、ワクワクもやもやムラムラがピークの、「いまの若い人」は御存じないだろうが、かつて桜田淳子ちゃんというアイドルがいて、『夏にご用心』という歌を昭和51年にヒットさせた。日本史Aを選択している受験生にピンとくるように言えば、ロッキード事件で大久保利春が逮捕された年だ。

現代史問題がよく出る日本史Aでも、「桜田淳子の曲名をa～eの中から選べ」などという問題は出題されまいが。

しかるに受験における歴史科目。「いま」は「むかし」とちがって、日本史A、日本史B、世界史A、世界史Bがある。ちがいの詳細は各自で調べてもらうとして、大雑把(おおざっぱ)に調べたところ、A＝ザーッと全体的に、B＝ぐっと掘り下げて、の差か。

夏休みシーズンになるたび、《夏は心の鍵を　甘くするわ》と鼻にかかった声で淳子ちゃんのモノマネをして歌うくらい「むかしの人」である筆者は、よって、高校では「むかしの歴史」を習い、「むかしの入試」を受けた。

「むかしの入試」での選択科目は日本史だった。

先述の大雑把調べによると、「いまの入試」における日本史Aという科目は、

「幕藩体制後の日本が近代国家としてどういうふうに進んでいったか、このへんのこと、あんまり学校(がっこ)の授業でやってる暇がなかったさかい、テコ入れして教えたり」

と斯界の偉いさんが設けたようだ。

たしかに、「むかしの人」である筆者の高三時代は、一学期の縄文弥生時代に先生はタラタラ時間をとり、聖徳太子や藤原氏と鎌倉幕府でテクテク程度になり、江戸時代に入るとタッタカ小走りになり、文化からダッシュして幕末まで来たものの、明治維新でタイムリミットが来て、あとは生徒が自力で勉強して入試本番だった。

ところが本番の入試では、「むかし」だって、「いま」と同様に、出題のメインは「明治以降の、近代日本がどのように形成されていったか、そのころの日本をとりまく世界はどうであったか」だった。筆者の母校である滋賀の県立高校では、時間配分を完全にミスした授業をおこなっていたわけである（琵琶湖を真ん中に配置するインテリアのように）。

都会と田舎の情報の差は、「むかし」は「いま」より、はるかに大きかった。田舎には塾も予備校も一つもなかった。旺文社ラジオ講座が唯一の都会的勉強方法。ところがAM電波状況が悪い。ピーピーガーガー、よく聞こえない。日本近代史については、すべて自力で勉強するしかなかった。

とはいえ、歴史なのだから、「いま」も「むかし」も、どこか一つの時代についてばか

りの問題が出題されるわけではない。たとえば、

【問1ア　abcdの空欄をうめよ】
平正盛はa□の信任を受け、b□となった。
a□は仏教を崇敬し、c□が開基したd□へも頻繁に参詣した。
【問1イ　dの位置を地図から記号で選べ】

のように、ある時期についてを、同じ設問の中で、ア、イ、ときにはウくらいに連動させて、順に詳しくツッこんでくるタイプの問題もよくあった。

右は院政について問うものだ。答えは、a白河法皇　b北面の武士　c空海　d金剛峯寺　であるが、a〜dまでがすべて正解で、なおかつ、地図で正しい場所も選べて、【問1】が得点できるルールにしてあったり、d欄に金剛峯寺と正確な漢字で書いても、「次の地図」から、寺の位置が選べていないと、得点が80％減点となる厳密ルールも、私立文系大学ではあった。

「むかしの入試」の日本史用の問題集には、高野山金剛峯寺の所在地を日本地図から問う設問には《高頻出》とか《注目》とかいったマークが付いていたものである。

「いまの入試」で日本史Bを受ける人も、金剛峯寺の位置確認をしておくのは、決してむだではあるまい。日本史Aを選択している人も、淳子ちゃんの歌はともかく、この歌がリリースされた1976年にロッキード事件が問題になったことは「記憶にございません」*ですまさないほうがよいし、世界史Bの選択者には、この年はポル＝ポトが首相に就任したと添えておこう。

JR東海が受験生に意地悪を

淳子ちゃんが《嫌い、嫌い、あなたは意地悪で》と、「むかし」のアイドルの中ではダントツの脚線美をスカートからのぞかせて歌った、その翌々年（1977）、「むかしの入試」シーンで、ちょっとした騒ぎがおきた。

京都市中京区にある臨済宗系の私立大学である花園大学が、ジョージ秋山の漫画『アシュラ』を文学部の入試問題に使ったのである。ニュースになり、新聞に問題が掲載された。

*ロッキード事件の答弁

「漫画が問題に出ていることで、とまどわれた受験生の方もおられると思います……」というようなことが、問題の冒頭だったか、試験後に公開される解答と解説だったか、どちらかに書いてあった記憶が、筆者にはおぼろげながらある（新聞記事を読んでの記憶）。

花園大学は、「いまの入試」ではどんな問題を出しているのだろうか。

映画『サウンド・オブ・ミュージック』から問題を作成してくれないものか。

この映画は、淳子ちゃんが『夏にご用心』を歌った年より十年前に各国で公開されて大大大ヒット、初公開の五年後にリバイバルされたときも大ヒット、リバイバルの五年後に再リバイバルされたときもヒットしたが、もとはといえば、淳子ちゃの歌の十七年前の、1959年にブロードウェイで初公演されたミュージカルをベースとしている。

主題曲『サウンド・オブ・ミュージック』はじめ『ド・レ・ミの歌』『エーデルワイス』は、「いまの人」でも聴けば多くがぜったい知っているし、アイドル時代の淳子ちゃんがミニスカートで歌ったらさぞかし似合っただろう『もうすぐ十七才』にも聞き覚えがあるはずだ。

しかし、このミュージカル挿入歌のうち、日本人の耳に最も刻み込まれているのは、

『私のお気に入り』である。

あまりに刻み込まれすぎて、「いまの人」の中には、この歌は、ＪＲ東海の主題歌であって、『サウンド・オブ・ミュージック』の挿入歌だとは知らない人がいるのではないか。花園大学におかれては、ぜひ一度、『私のお気に入り』を日本史Ｂのリスニングテストに用いてみたらどうか。意地悪ひっかけ問題として。

そもそも、この曲を使い続けているＪＲ東海が、全国の日本史選択の受験生に、たいへんな意地悪をしていた。

２００８年のことだ。２００８年。淳子ちゃんだの、アシュラが入試にだの、徳川幕府崩壊だの、白河法皇だのからすれば、「いま」のことだ。

２００８年。

このコマーシャルのナレーションは長塚京三だった。長く、ＪＲ東海のＣＭのナレーターを務めた俳優。

例によって『私のお気に入り』が流れ、息子を持つ父親の心情を長塚京三がナレートし、画面では小学生くらいの男の子が、風情のある寺を駈(か)ける。そして大きな文字で、「そう

「いましかできない父と息子の旅」が大アピールされた。

なんともショックなコマーシャルだった。

入試問題に『アシュラ』が出てきたくらい、ロッキード事件で一ピーナッツが百万円の意味だったくらい、ショックな画面だった。

『私のお気に入り』のメロディにのって、お父さんが息子を、

「そうだ京都、行こう」

と連れていくのは、滋賀県なのである！

滋賀県　大津市　坂本本町４２２０　にある、比叡山に連れていくのである！

ちょっとちょっとJR東海はん、こんなCM流してたら全国のムラムラも返上して勉強してはる日本史選択の受験生が、入試で失点しはるやんか。

２００８年、私はショックだった。延暦寺もなんで抗議しはらへんのや。ここは、

「そうだ抗議、しよう」

ではないか？

ショックで比叡山のHPを見たら、抗議どころか「JR東海のCMに出してもらいました〜♡」みたいな雰囲気で「おしらせ」してあり、よけいにショックだった。

こんなことではJR琵琶湖線の、安土（あづち）の、駅前の織田信長の銅像が、深夜に大魔神のように動いて高笑いする。

「わははは、受験生に嘘を教えるようなこんな寺は焼き討ちしてやったわい」

と。

滋賀県坂本なのに京都だと全国に宣伝された土地の、かつて城主であった明智光秀も、よよと無念に忍び泣くことであろう。

かつての仇敵同士、一人は笑い、一人は泣く。2008年、夏休みの怪談。《怖いわ怖いわ、怖いわ……》って、これは淳子ちゃんじゃなく百恵ちゃんの歌なので、ご用心。

安土といえば、「中学校が円柱形」が一番のイメージだった。一時期、円形校舎なる建築が、関西地区を中心に日本各地にいくつか建てられ、町立安土中学もその一つだったのである。この建築が注目を集めたころのメリットは、時代とともにデメリットのほうが大きくなったのか、次々と取り壊されてゆき、安土中学も現存していない。が、従来の学校の建築からはブッ飛んだデザインだった。信長の安土城も、従来の日本の城の建築からはブッ飛んだデザインだった。消失したのはまことに残念。残っていたらどんなにか「いま」の人をも魅了したことか。

現在、安土駅前には天守閣の（ごく）一部が再現されているが……予算がなかったのか、あの再現ぶりでは……。近江八幡市に統合されて数年。どうだろう、安土城の天守閣をもうちょっと本格的に再現してくださらないか。

♪ちょっとティータイム　浜大津の怪談

滋賀県に「浜大津」という駅があった。過去形だが多くの滋賀県民にとっては、やはり「浜大津」という駅名のほうになじみがあるのではないだろうか。

明治政府が近代国家としての日本に鉄道を敷こうとしたころ。関西エリアでは、大阪－神戸をまず繋（つな）いで、次に大阪と京都を繋いで鉄道をのばしていき、そして京都から滋賀へのばした。神戸駅、大阪駅、京都駅、そして滋賀駅……とはならなかった。滋賀駅ではなく近江駅でもなく、大津駅だった。兵庫駅ではなく神戸駅であるように。「津」の字の入る大津駅は、琵琶湖畔にある。

「津」には、みなと、船着場、岸、等の意味がある。

明治政府はまず、大阪（港がある）と神戸（港がある）を結んだ。滋賀を通過するさいも港を通過させた。琵琶湖畔の大津駅は、水運（湖運）アクセスが便利だった。明治以前より琵琶湖は、材木、乾物、糸などの水運に使われており、大津には水運業者（のちの汽船会社）が集まっていた。

だが現在、「そうだ京都、行こう」と観光ガイドブックを片手に新幹線に乗っている人たちは、大津駅を通過するさい琵琶湖を見ない。見えないからだ。

なぜか？　現在の大津駅は、初代の大津駅とは場所がちがうからである。東海道線のルートが微調整されて、琵琶湖畔ではないところに大津駅が新たにつくられた。


別節で、「通過してても気づかれない」と書いたけれども、琵琶湖が見えないことも一因かもしれない。


新たに大津駅ができたことで、初代の大津駅は、「浜大津」という駅名になり、長く在（あ）った。さまざまな私鉄、汽船会社が乗り入れた時代を経て、現在の「びわ湖浜大津」という駅名に至る。

さて、当節で語るのは１９６０年代の「浜大津」駅にまつわる怪談である。

当時、私は小学生だった。「浜大津」駅というと、もっぱら「遊覧船に乗るときに使う駅」であった。

「浜大津駅のお便所には、ひとつだけ、ずーっと空（あ）かへん（空かない）とこがある」という噂を聞いた。

三人の「お姉さん」から聞いた。実姉ではない。高校生〜二十三歳くらいの、未婚女性のこと。小学校低学年にはこのあたりの年齢の女性は、漠然と「お姉さん」と映った。お姉さんたちは、同じ学校だとか、同じ町内だとかではない。（私の）父親を訪ねてきたり、母親を訪ねてきたり、あるいはお姉さんたちの親が私の親を訪ねてきたのに同行したりした、つまり、何か用事で私の家に来たついでに小学生の相手をしてくれた、互いは面識のない若い女性である。それが同じ噂を、私に聞かせた。

トントン、トン

浜大津駅のお便所の、入って二番目のとこは、ずっと鍵が閉まったるんやて。長いこと閉まったるさかい、ある人が、戸の不具合とちがうかなと思わはって、トントンとノックをしはったら、トン、と一回だけ返ってきたん。

戸の不具合ではないんやなと、その人は、そのときはすぐにお便所を出て行かはったんやけど、遊覧船に乗った後に、またお便所に来はったら、また、ここだけ閉まったる。ためしに、またトントンとノックしはったら、また、トン、と一回だけ返ってきた。

そやからいうて、ずっと待ってるのもなんやしと、その人はお便所を出はったけど、なんとのう気になって、この話を友だちにしはったん。

聞いた友だちは、ふうんと思もて、自分が浜大津に行く用事があったとき、用足しのためやのうて、たしかめるために、お便所に行ってみはったん。そしたら聞いたとおり、入って二番目のとこに、鍵がかかったる。

トントンとノックしてみると、トン、と一回だけ返ってきた。

その人は、けっこう長いこと、お便所の出口のとこで待ってはったけど、だれも出て来はらへんかった。

家に帰ったあと、このことを、別の、浜大津駅のそばに家のある友だちにしはった。その友だちも、ある日、わざわざ駅のお便所に、たしかめるためだけに行ってみはったん。

やっぱり入って二番目のとこが、鍵が閉まったる。

トントン、とノックしてみると、トン、と一回だけ返ってきた。

（いやあ、ほんまや、聞いたとおりや）

と思もて、その友だちは、ちょっと勇気を出して、

「気分でも悪(わる)ならはった？　だいじょうぶですか？」

て、訊いてみはった。そしたら、

「だいじょうぶです……」

と、かぼそいかぼそい声が返ってきた。

そう言われたからには、その人は、お便所を出て、家に帰らはった。

そやけど、翌日の朝、なんや気になって、駅のお便所にまた行ってみはったん。

そしたら、やっぱり入って二番目のとこだけ鍵が閉まったる。

トントンとノックをしてみはった。トン、と一回だけ返ってくる。

（いやあー、怖いー）

と、その人は、お便所を飛び出して、その話を、家の人にしはったん。

家の人は、そんなあほなことが、と笑(わ)ろてはったけど、その家のおばあさんが、ためしに行ってみはったら、やっぱり入って二番目のとこに鍵。トントンとノック。トンと一回だけ返ってくる……

……という噂だった。

本書に書いてみると、「怪談」というような内容でもない。「たんなる偶然」でかたづけられそうな内容である。だが、なにやら気味が悪い。1960年代だからである。

1960年代の駅の公衆トイレは、「いまの人」には想像もつかないだろうが、汲み取り式だった。暗く汚く臭く、へんな虫が床を這ってたり、飛んでたりして、できれば利用しないですませたい場所だった。「たんなる偶然」で、それぞれ別の人が長く入っていただけだったのだとしても、あんなところに長く入っているということ自体が、なにか気味の悪さを与え、「怪談」として成立した。

「ずっと空かへんお便所なんや……」

お姉さんたちは、それぞれ気味悪そうに話してくれたものだが、聞いた小学生は、行動半径も狭いし、自由になる金銭も持っていない。よほど浜大津駅に近い町に住んでいないかぎり、「お便所探検」はできない。「へえ……」と聞いているだけだった。

ほんとにトン

それが、機会がやってきた。

小三の夏休みに、近所に住む病院のお嬢さん姉妹が、「コウヨウ・カンパラダイス」に行くと言い、私もいっしょに連れていってもらえることになった。

紅葉館という琵琶湖畔の老舗旅館が、ジャングル風呂や遊園地があるのを売りにした別館をオープンさせたのである。「紅葉パラダイス」が正式名称だったが、紅葉館の、別館の、パラダイス、ということで「紅葉館パラダイス」と、病院の姉妹が言うのを、私は「コウヨウ・カンパラダイス」と聞いていた。「コウヨウ」とは何かわからない。「カンパラダイス」もわからない。わからない「コウヨウ・カンパラダイス」は長い。だが、小三の脳だと、わからない長いことばも、すらすら丸ごと入ってしまう。

小さな田舎町のお医者さんの家族。全国のそうした家がたいていそうであるように、ベトナム戦争前のアメリカのホームドラマに出てくるような理想的な一家だった。

理想的な一家は、自家用車に私も乗せてくれ、「コウヨウ・カンパラダイス」に向かって出発した。後部座席で私は、理想的な姉妹ならびにお父様に訊いた。

「そこは、どこにあるの?」

理想的な家族は、私に答えた。

「浜大津や」

（浜大津！）

その地名に、どきどきした。「コウヨウ・カンパラダイス」がどうであったか。十二歳以下のころのことを克明に覚えている私なのだが、このレジャー施設については記憶がほとんどない。ジャングル風呂……そんなもん、あったかな？　そういやお風呂場に観葉植物が吊ったたったような……。記憶があやふやになってしまったのは、浜大津駅のお便所に行ったからだ。探検のために行った。姉妹は「行きたくない」と言って、来なかった。

私は車中で、姉妹に浜大津のお便所の話を熱く語ったのだが、アニメや絵を見たり童話を読んだりする習慣のない（なくてすむほど理想的な）姉妹はいっさい興味を示さず、このときの「行かなくてよい」というのは、尿意はないから行く必要はない、というだけの意味だった。

私は一人で浜大津のお便所に行った。

入って二番目の戸を見た。

鍵が閉まっている。

ほかは？　閉まっていない。

鍵の閉まった戸を、トントンと叩いてみた。

すると……。

トン、と返ってきた。

（ひゃあっ！）

夏なのにゾッとなってダッシュして、理想的な家族の待つ自家用車まで、一目散に走って逃げた。

招福楼事件――戦後最大の飲食事件・編集長は見た！

Q先生は、だれもが知っている有名な漫画家だ。漫画に興味のない人でも、

「ああ、『×××（作品名）』の」

と即座に作品名を、老若男女だれもが言える。

そのQ先生が、２００×年の某月に、滋賀県で、講演をすることになった。主催は滋賀県某市の有志たち。仮称で青年団としておく。協賛はK出版社。

日本全国に名の知れたQ先生の講演だ。整理券はすぐに完売し、講演は拍手のうちに閉幕し、サイン入り著書や関連グッズもよく売れた。

めでたしめでたしのイベントには裏話がある。題して『滋賀県　戦後最大の飲食事件・編集者は見た！』。

断っておくが事件でも何でもないことに、わざと大袈裟（おおげさ）な題をつけるという定番の冗談である。こんな無粋な注釈を入れるのは、昨今はSNSの普及のせいか、文章をぶつ切りでしか読めず、ぶつ切りにした文章の、そのまた一部のみに目をつけ、しかも誤読して

反応する人が、若年層を中心に増加しているため。

ドラマ調再現部分については、ディテールに事実とは若干異なる点や、モザイクをかけた箇所がある。これは個人プライバシーへの配慮からである。団体も特定できないようにした。この点はご了承願いたい。

令嬢のひとこと

200×年、×月。滋賀県の、某市某町の、青年団の団長は、Q先生の事務所から、講演を引き受けるとの返事をもらった。団長は大喜びし、詳細についてQ先生のマネージャーと電話でコンタクトをした。Q先生のマネージャーはQ子さん。Q先生の令嬢だ。

「もしもし、この度は講演をお引き受けいただき、まことにありがとうございます」

青年団団長は切り出した。

Q先生には頻繁に講演依頼があるので、Q子さんのほうも慣れている。当日の進行の詳細を団長と確認しあい、ここまでは、きわめてスムーズにやりとりした。

「つきましては、講演のあとには、ぜひQ先生ならびに、ゲスト出演のP先生とX先生もいっしょに御夕食をと思っております」

団長はすでに得意気な声になっている。一世一代の大盤振る舞いをするつもりでいたからである。彼の口からは、御高名なQ先生にふさわしい、御高名な飲食店の名が、今まさに飛び出そうとしていた。

Q子さんが訊いてきた。

「夕食はどこで？」

団長は鼻の穴を自信に膨らませて、店名を大きく発声するために息つぎをし、

「ぜひ、『招福楼』で、と思っております」

と言った。じゃーん！　どうどす！　招福楼どすで！　といったような高揚した声が、Q子さんの耳には流れてきたことだろう。

しかし。

「それって滋賀県の店？」

それまで穏当だったQ子さんの口調は、にわかにぶすっとした声になった。

「はい、そうですが？」

怪訝(けげん)な顔になる団長の、その耳に入ってきたのは、

「滋賀県のお店じゃあ……」

このひとことである。

滋賀県のお店じゃあ……。滋賀県のお店じゃあ……。滋賀県のお店じゃあ……。

ひとことは団長の内耳でエコーする。

「ほかのことについてはみなわかりましたので、夕食は京都にしていただきたいですわ。御検討、よろしくお願いいたします」

電話は（団長にしてみれば）ぴしゃりと切れた。


団長は、Q子さん以上にがっかりした。

Q子さんの2倍も3倍も、いや30倍もがっかりした。

招福楼に御招待すると申し出て、相手にがっかりされたのである。

こんなことは、滋賀県に生まれ、滋賀県に育ち、滋賀県に暮らして、滋賀県の町の青年団の団長をしている身には、想像もできない反応だった。

招福楼に、あの！　招福楼に、御招待するて言うてますのんやで。Qせんせ一人だけやあらへん。Q子さんも、Pせんせも、Xせんせも、K出版の編集長さんも、ぜんぶまとめて招福楼に御招待しまひょ、て言うてますのんやで。

それなのに、相手はひとこと、

「滋賀県のお店じゃあ………」

なのだ。電話の前で、青年団団長は、わなわな、わなわな、と震えた（ことだろう）。

K編集長からの電話

いっぽうQ子さんは、東京都の事務所の電話の前で、フーッと息を吐いた。

そして、手元に控えた電話番号に電話をかけた。講演の後援であるK出版に。

電話は、K出版の、K誌編集部の、K編集長にとりつがれた。

「もしもし、ちょっとKさん。こんどの滋賀県での講演のことなんだけどね……」

「ふむふむ……ええ……なるほど……」

K編集長は、まずはQ子さんの言い分を聞いた。令嬢の言い分をまとめると、

「せっかく、京都のそばで講演するのだから、夕食や泊まるのは、京都市内がよい」

という要望である。ここまでを滋賀県在住者が読んだら、

「Q子さんってなんてワガママな人なんだろう」

と感じるかもしれない。

だが。かなしいことだが、知っておくべきだ。

日本人の全員とは言わない。多くがQ子さんと同じリアクションをとるだろうことを。

これが、滋賀県と京都の、「格差」なのだ。

さあ、滋賀県民＋滋賀県出身者で、ともに歌おう。京都からもひとつ飛んで大阪は法善寺横町の歌を。♪あああー、招福楼も、京都の暖簾(のれん)にゃ歯がたたーぬ♪

困ったのはK編集長（神戸出身）である。

「ううむ、夕食を京都でとるのは困るんだよね。Pさんはイベントの最後までいられるかわからないくらいすぐに東京に戻らないといけないし、Xさんは夕食は一緒にとれるだろうけど、食べ終わるやいなやすぐにホテルに戻って原稿書かないといけないし」

どうしたものかとK編集長は、電話をかけた。だれに？

ぷるるるる、ぷるるるる、ぷるるるる。

固定電話が鳴っている。固定電話が一般的だったころの事件である。

かちゃ。受話器をとったのは？　私だ。この再現ドラマを書いている人間だ。

「はい。もしもし」

「Kです。姫野さん、こんにちは」

「あ、Kさん、こんにちは。どうしたの？」

「いやー、仕事の電話じゃないんだけどね、たしか姫野さん、滋賀県出身だったよね」

「はい」

「滋賀県にさ、ショウフクロウってのがあるの？」

「ありますよ……」

青年団団長ほどいきおいこんではいなかったが、それなりに私もいきおいこんだ。

東京にいると、他者の口から、それも滋賀県とは縁のなさそうな人の口から、「滋賀」という県名が発音されるとドッキンとする。ひごろ血圧56・96くらいだが、いくぶん血圧を高くして、K編集長に招福楼についてしゃべった。

招福楼は高い塀で囲まれ、中のようすをチラとも垣間見れないこと。

付近住民でも、入り口もどこなのか知らない人が多いこと。

入り口は知っていても、「ここから招福楼の敷地でっせ」という場所から、向こうのほうに見える入り口までの白州の小路が「庶民の来るとこと、ちゃいます」と告げているようで、だれも、入り口の門までですら近づいてみようとしないこと。

たまに近づく者があっても、ざわざわ、ざわざわ、ざわざわ、と高い塀の向こうから竹林を吹き抜けてくる風の音が厳しくて、「す、すんまへんでした……」と、きびすを返して逃げ帰るように立ち去ってしまうこと。

PCで「ショウフクロウ」と入力すると「娼婦苦労」と、まず出てしまう招福楼について、こうしたことを私はしゃべった。しゃべり終わるころには最高血圧が珍しく3桁の100に上がっていたかもしれない。

「へえ、そんなに権高な店なの?」

「そうだよ。だいぶ前だけど、天皇陛下(昭和天皇)が京都にいらしたとき、食事は京都じゃなくて招福楼でとられたと聞いてる」

「へえ、それなのに東京では全然知られてないよね」

「そうだねー、若い女の子向きの雑誌にまず載らないもの」

載らない理由は、今にして思えばQ子さんと同じだったのだろう。すなわち、滋賀県のお店じゃあ……。

「でも雑誌に出てたのを一回だけ見たことある。Kさんとこの雑誌じゃないけど」

分厚い、高い系（雑誌価格も読者年齢層も）の女性雑誌だった。

「それがなんと！　渡辺淳一先生と巡る京都の旅、って特集だったの」

私が「それがなんと！」と、さらに血圧を高くして声を大にしたのは、「京都の旅」というキャプションへの怒りである。

だが、K編集長は文芸編集者なので、渡辺淳一先生のほうに反応した。

「へえ、食べ物にうるさそうな渡辺先生が…？」

「渡辺先生はいいんだけど、招福楼なのよ、それなのにね……」

招福楼なのだから、滋賀県の店であろう？　それなのに、

〈贅を尽くした京料理のお夕食は老舗の『招福楼』で〉

みたいなキャプションが入っていたのである。

そりゃ、料理のジャンルはイタリアンじゃないだろうから、このキャプションはまちがいではないのだろうが、近江料理なのに京料理とされていたことへの、歯嚙みしたきごとき思いは、K編集長にはあまり伝わらなかった。

・天皇陛下

・渡辺淳一

・値段が高い

この3ファクターで、K編集長は招福楼に対する認識をあらためたようである。

「そうだったのか、そんな店に招待してくれようとしているのを断ることはないよね」

「そうだよ」

この点においては、そのとおりである。断ることはない。

めまいがするような幼き日の感覚

電話を切ってから、私は久しぶりに耳にした招福楼という店名に、遠い記憶をよみがえらせた。

ときは東京オリンピック前。

招福楼にはおばあさんが住んでいた。経営者のお母さんなのか、お祖母さんなのか、とにかくおばあさんだ。仮で松おばあさんとしよう。松おばあさんは、竹おばあさんと友だちだった。

竹おばあさんは、家に四歳の子を預かっていた。孫でも親戚でもない。さる家庭の父母の仕事の都合から預かった子である。足の大きな無口な子であった。それが私である。

竹おばあさんは、ある日、「今日はお連れ*を訪ねる」と言う。「家で一人になるさかい、あんたもいっしょに来なさい」という。私は、竹おばあさんについていった。

四歳児には、けっこうな長旅という感覚があった。

「ここや」

＊お連れ＝友人、の意

竹おばあさんは、私をふりかえり、

「これがショウフクロウや」

と言った。「これがショウフクロウや」と四歳の子に言えば、

——音に聞く　招福楼　なんとかかんとか花の散るらむ——

などと一首詠むとでも思い込んでいた竹おばあさん。

四歳の子には、「あなた、ここはね、招福楼という広い料亭なのですよ」と、まず情報を与えるべきであった。与えないから、四歳の私はショウフクロウというのが何なのかさっぱりわからない。「〜楼」という語彙がまだなかった。

（なに、ここ？　どこ、ここ？）

ただただ不安に、竹おばあさんのあとをついていった。

現在でも広大だろうが、四歳の子にとって、その料亭は、ほんとうに広大で、ラビリンスのようであった。和服を着た女の人がしずしずと横を通りすぎて、時代劇映画の中に入り込んだような感覚になる。

屋内の廊下から渡り廊下へ、渡り廊下からまた屋内の廊下へ。いろんな廊下を、竹おば

あさんについて私は歩いた。履いてきた靴を持って。

そして、あるところで地面におりた。その時に履いてきた靴を履いた。

八つ手や無花果（いちじく）ほどの高さの木、花の咲く木、梢は見上げたところにある高い木。そうしたものがイングリッシュガーデン調に自由に育っているエリアを歩いていくと、小さな家があった。

平屋。ドアが一つ。ドアの並びに縁側がある。ドアと縁側はともに太陽のほうを向き、日当たりがよい。ドアはきんつばのような色だった。

「ここや」

竹おばあさんは、きんつば色のドアを叩いた。

そしてドアを開いて出てきたのが、招福楼の松おばあさんである。

松と竹の二人のおばあさんは、たのしそうにしゃべりはじめた。長々としゃべる。長々でもなかったのかもしれないが、四歳にはえんえんとしゃべっていると感じられた。当然、退屈だった。

そこで、私は勝手に、きんつばドアを開け、招福楼の敷地内を歩き始めた。そして、すっかり迷ってしまった。青ざめた。竹おばあさんと再会するまでの、はらはらどきどきの時間は、後年、初めての海外旅行をした時に並ぶくらいきょうれつだった。

　めまいがするようなこの時の感覚をもとにして書いたのが、『喪失記』という小説の中の、かくれんぼのシーンである。

　たとえばパリ、軽井沢、ベニス、それに京都。こうした場所と、こうした場所にある建物やホテルやレストランが出てくる映画や小説は「売れる」。だが、すでにいっぱい出ているので、ややずらしてリヨン、蓼科（たてしな）、フィレンツェ、強羅花壇（ごうらかだん）あたりが、また「売れる」。こうしたセオリーがあるではないか？

　このセオリーにのっとって、私は招福楼を作中に登場させたつもりだった。しかも、この小説はK編集長の出版社から出ている。

だが『喪失記』は、渡辺淳一先生の『失楽園』の1／100も売れなかった。Q先生の『×××』の累計売り上げ部数の1／1000000も売れなかった。

「もしQ子さんが『喪失記』の担当編集者だったら、『ここの料亭が滋賀県じゃあ……』『京都の料亭に変えなさいよ』と言われたんだろうな……」

と電話機の前で、私も青年団団長のように、へなへなと、うちひしがれるのだった。

実はどこでもよかった

私がK編集長に流した情報の甲斐あってか、Q先生御一行は、めでたく招福楼で御夕食をとられた。

ところで、御一行についておさらいしたい。高名な漫画家Q先生、高名な評論家P先生、高名な小説家X先生。これが主賓である。

「ううむ……」

ううむ、このメンバーではなあ……。Q、P、Xと、名前を特定できないアルファベットを使っているが、もし名前を明かしたら、読者も同じように思うはずだ。

まず主賓のQ先生。若い時分に御苦労された。それゆえに食べ物の味に執着する人もいるが、正反対に、味なんかどうでもいい、おなかがふくれたらいい、と執着しなくなる人もいる。Q先生の場合は後者タイプ。出たものをただ食べる、というスタンス。

次に評論家のP先生。P先生は三人の中では、味については凝り性である可能性が高そうだが、スケジュールの関係で、イベントが終わるやいなや東京にとんぼ返り。

次に小説家のX先生。X先生はQ先生と夕食をごいっしょされた。

X先生は、該博で読ませるロマンをお書きになる。とても売れている。御著書は私もたのしませていただいている。だが、作中に食べ物の描写はゼロといっても過言ではない。「夕食のあと、××子はなにそれした」とか「昼食は時間がなかったので××ですませた」というような便宜的な記述はあっても、食べ物を詳らか(つまび)に描写したくだりは、私の読んだかぎり、ひとつもない。「Xさんて、きっと食べることに興味がないんだろうな」と思っていた。そうではないのかと、先のK編集長に訊いたところ、私の想像のとおりだった。「うん、そうだよ。菓子は好きかな。食事は食べないとならないから食べるのであって、すませればそれでよい、というかんじだね」と。

つまり、Q先生もX先生も、招福楼だろうがマクドナルドだろうがマルちゃんの赤いきつねだろうが、何をどこで食べてもよかったんである。御一行のうち紅一点のQ子さんが、女性に人気の京都で、お召し上がりになりたかったのだろうと思われる。

Q子さんは、招福楼の食事はお気に召されたのだろうか？　人は、「京都で食べたい、京都がよい」と強く思っていると、どんなにおいしいものを出されても「京都ではない」というマイナスの感情がはたらきがちである。感想を聞きそびれてしまった。

というのも、K編集長が「おいしかった、おいしかった」とよろこびの電話をくれ、それが熱かったので、Q子さんはどうであったかと訊くのをすっかり忘れてしまった。K編集長は「趣味＝料理」という人である。

「ものすごくおいしかった。ぜんぶ手のこんだ料理だった。盛りつけも、容器も、ものすごくきれいだった。ああ、断らなくてよかった」

とのこと。

一か月後。

招福楼の支店が東京の丸ビルにあることを知った。「東京のほうなら、本店より安い。新幹線代をかけても本店より安くすむくらい、東京店のほうが安い」と青年団団長の知人から教えられたのである。

ところが、たまげた。まさかの全席喫煙可（注・当時は。2017年秋より禁煙）。

個室になっているのだが和風で欄間（らんま）があるので、喫煙客がいれば、煙草の煙は別室にもただよってくるとのこと。では本店も全席喫煙可なのだろうか？

もしかして、Q子さんがいやがったのは、これが原因だったのではないか。

アメリカン問題、読み方問題

『渋谷から出て吉祥寺のほうに行く井の頭線は、石神井公園には行かない』

と書いてあれば、東京近辺に住む人は、

『しぶやカラデテ　きちじょうじノホウニイク　いのかしらせんハ　しゃくじいコウエンニハ　イカナイ』

とすぐに読める。しかし、

「関西学院」

という大学のことは、かなりの人数が、悪質タックル事件について謝罪した日大のアメリカンの監督のように、

「関さい学院」

と読むのではないか。

関西学院は「関せい学院」と読む。

だが、スポーツ中継などだと「カンガクカンガク（関学）が、ここで攻めにはいりました」「カンガク（関学）、冷静なフォローでした」などと、よく短縮読みされるし、それにまた、「関さい学院」だと思い込んで疑いもしないと、アナウンサーが「関せい学院」と言ったところで、「関さい学院」と聞いてしまっているのではなかろうか。

しかしまあ、関西学院は名だたるアメリカン強豪校で、その学校と対戦した、同じく強豪校の日大アメリカン監督が「関さい学院」とまちがえては、しかも、お詫びのときにまちがえては、さらにしかも、すぐそばに、関西訛りこってりのコーチが控えていてまちがえては……。

タッチからアメリカンへ

さて、何食わぬ顔で「アメリカン」と言っているが、これはコーヒーのことではなく、関西学院を関学と略すように、アメリカンフットボールの略である。

「アメリカンフットボールを略すなら、アメフトだろ」

「アメリカンなんて略、初めて聞く」

という感想を持つ人が、どうやら多いようだ。上京してから次第にわかってきた。

だが私は「アメフト」という略に、どうしてもどうしても違和感を覚えるのである。

私のように違和感を覚える人が、日本にはいるはずなのである。

それはアメリカンフットボールが日本に普及した経緯による。

アメリカンフットボールが、現在のルールで、現在のように日本に普及するようになった始まりには諸説ある。

うち一つが、タッチフットボールからの流れ。

アメリカではアメリカンフットボールが最も人気のあるスポーツなのだが、ラグビー、フットボールと並び、格闘技的球技とも呼ばれる。激しく危険をともなうからだ。

そこで、この球技をもっと男女ともに万人向きにたのしめるようにとアレンジしたのがタッチフットボールである。タッチフットボールにはタックルがない。タックルではなく、ボールを持ってゴールを目指す選手の胴体を「タッチ」することに代えた、11人制の球技だ（注・慶応大学の教授が普及と振興につとめた6人制のタッチフットボールについては当項では措く）。

この、いわば平和的なルールに改良したタッチフットボールを、敗戦直後の日本の若者に、希望を与えんとして紹介したのは、戦勝国進駐軍の、ピーター岡田という日系人だったという。

ピーター岡田氏は、豊中中学（旧制中学）と池田中学（旧制中学）にこのスポーツを紹介した。氏がつづいて紹介したのか、氏に縁のある人が紹介したのか、あるいはまったく別のルートなのかは不明だが、同じころに、奈良中学（旧制中学）と奈良実業（旧制実業学校）にも紹介された。

この後まもなく学制が変革される。最初の4校の近隣の新制高校に、タッチフットボール部を設けるところが、もう少し増えた。はじめが旧制中学ならびに旧制実業学校だったからか、滋賀県でも、元旧制中学の3高校と元旧制実業学校の1高校に、タッチフットボール部ができた。滋賀県立八幡商業高校であるが、これは元旧制実業学校商業校だったことより、ヴォーリズが近江八幡に住んでいたことによるなんらかの縁ではなかったか。八商校舎もまたヴォーリズの建築で、土井晩翠（どいばんすい）作詞の典雅美麗な校歌とともに、大理石一枚ものの暖炉天板を目にした人は美しさにじーんとして立ちすくむほどである。

閑話休題。タッチフットボール部の導入は、いっきに広まったとはいえない。あくまで

も「もう少し」程度に増えた。「もう少し」程度の数の高校では、

「あんたはん、部活動、なにをしてはるのん？」

「タッチや」

「へえ、タッチか、そらスイなもんしてはるんやな」

みたいな会話が交わされていたことだろう。タッチフットボールを略してタッチだ。

やがて高度経済成長を遂げた１９６０年代末〜１９７０年初頭。

全国にアメリカンフットボール部（タッチフットボール部ではなく）を設ける高校がぽつぽつと出てきた。そのため、はやくからタッチフットボール部を設けていた高校も、アメリカンフットボール部に変身したり、タッチ部そのものを廃部したりした。

この差が「アメリカン」である。

つまり、１９７０年くらい以降に、はじめからアメリカンフットボール部として、この部を設けた高校では、アメリカンフットボール部のことは「アメフト」と略す。

だが、戦後まもなくからタッチフットボール部を設けていて、途中からアメリカンフットボール部に変えた高校では、フットボールはフットボールでも「タッチじゃなくて、ア

メリカンだよ」と区別する塩梅で「アメリカン」であり、タッチフットボールをタッチと略してきた塩梅で「アメリカン」と略し、それが慣習となった。

もともとタッチフットボール部があった高校というのは、数としてそんなにはなく、場所は関西エリアに多かった。

よって、アメリカンフットボールを「アメリカン」と略すのは、そうした数少ない高校の出身者で、かつ、タッチからアメリカンへの移行期に在学していた世代……となる。

この条件に当てはまる私は、アメリカンフットボールのことを、高校を卒業して幾星霜の現在でも、アメリカンと略してしまう。

《あのころ彼はアメリカンの花形だったから、女子生徒に人気があった》

などと小説原稿に書いてしまい、校正者さんから「アメリカン」の部分に「？　アメフトでは？」と赤字が入る。毎回入る。

あまりに毎回入るので、「もしかして、関西だけの風習なのか？」と思い、我孫子武丸、田中啓文、牧野修の三作家（関西出身在住）にメールで尋ねたところ、三人とも「聞いたことない」という返信だったため、「タッチからアメリカンへの流れ」を、甚だおぼつかないながら、調べたのだった。

アメリカンから高校野球へ

するると、ひとつ気になることが出てきた。膳所高だ。

(滋賀県立膳所高校は旧制中学が前身だから、タッチフットボール部が過去にはあり、現在はアメリカンフットボール部になっているのではないか?)

と思い、公式サイトを見たところ、ラグビー部はあっても、アメリカンはない。

これはもしや、タッチからアメリカンに変身しようという時期に、たまたまラグビーをしていたかラグビー好きな先生が赴任してきて、「わが校は、タッチからアメリカンではなく、タッチからラグビーにしましょうよ」と提案したのではないか。この調査をしようとも思ったが、これについてはまたの機会にして、当項では、アメリカンから、野球に話を移したい。

野球部のある高校は、アメリカンのある高校より、ずっと多い。

「野球が強いので有名な高校」というのが、各都道府県ごとに、1、2校ある。そういう高校は9割方、いや99%、私立である。滋賀県だと近江高校と滋賀学園。

近年でこそ滋賀は「滋賀県代表」として出場しているが、長く「京滋代表」と、京都の植民地のように括られて選抜されていた。すると公立がほとんどの滋賀より、私立学校の多い、つまり強い選手をスカウト入学させられる私立学校の多い京都には敵わず、代表になれないという涙の事情があった。

ところが2018年の春の選抜高校野球では、滋賀県代表が3校も出た。滋賀県民は興奮したことだろう。

しかも近江高校は野球の強い私立だが、あとの2校は彦根東高校と膳所高校なのである。これは、東京でいうと「都立西校と日比谷高校」、甲信越でいうと「松本深志と新潟高校」、中国でいうと「広島大学附属と岡山朝日高校」、北海道東北でいうと「札幌東高校と青森高校」が、もう一つの「野球の強い私立」といっしょに甲子園に出場した塩梅だ。

私は高校野球に熱くならないので、新聞ラジオTVのニュースではなく、ある人から教えられて、「へー」と思ったていどであったが、地元の人たちは、複雑な心境で興奮していたかもしれない。

私に「へー」と思わせたある人、つまり、進学校が代表になったことを、私に教えてきた人というのは、某社の編集者だった。その出版社の玄関から帰ろうとしているところに走り寄っててらして、教えてくださった。彼は京都出身、洛星高校卒。宗主県の私立進学校卒として、複雑な興奮があったのだろう。

複雑な興奮。

高校野球に人が熱くなるのは、必ずしも純粋なる郷土愛に基づかない。あの熱の内実は、単純な妬み(ねた)や単純な見栄が、ふしぎな具合に絡みあった、非常に複雑な興奮である。

関西学院と膳所高校

1978年。

滋賀県から上京してきた私は、大家さん一家の一軒家に下宿をしていた。

ワンルームマンションだとかいう便利なものがぽこぽこそのへんにある時代ではなく、滋賀県が上京学生向きに提供する県立の『湖国寮』は「男子限定」だった。女子が一人で上京する、というようなシチュエーションなど発想もなかった時代につくられた寮だった。

となると郷里からめずらしく一人で上京した女子学生は、防犯と家賃が安いの二理由で、民家の一室を借りて、大家さんと同じ屋根の下で暮らす「下宿」という形態を選ぶ。

ある日、外から帰ってきた私は、隣室に下宿するナカニシさんに、いきなり言われた。

「ねえ、滋賀県の、今年の出場校、あれ、どういうつもり！」

と。ナカニシさんは山口県出身、高校野球に熱くなる人だった。ひどく興奮していた。

「シュツジョウコウ……？」

現在以上に高校野球に関心の無かった私は、はじめ、何をナカニシさんが主張しているのかわからなかった。廊下でぽかんとして彼女の前につっ立っていた。

「滋賀県の監督は、試合に負けて、あんなこと言うなんて、どういう高校⁉」

ナカニシさんは憤慨していたので、その時の彼女の様子をそっくりそのまま再現すると、読者もその時の私のようにぽかんとするだけだろうから、憤慨部分をのけて要約しよう。

滋賀県から出場した膳所高校は初戦で負けた。監督がインタビューで答え、その監督の言い分をナカニシさんは試合後のＴＶで聞いたのだった。

「『野球では負けましたが、でも、この甲子園に出場している全高校のなかで、偏差値が一番高いのはわが校です』だって。ばっかみたい」

憤慨したナカニシさんは、滋賀県民とっては天下の膳所高校を「ばっかみたい」とばっさり斬り捨てたのだった。

膳所高野の監督は、複雑に興奮していたのだろう。監督推薦枠や授業料免除などの優遇措置で強い選手を引き抜いてくる私立学校ばかりがドカドカ出場する甲子園野球大会の実情に遺憾の意を表したい、わが校は一般入試で入学して勉強も部活もがんばってきた生徒たちのチームであると訴えたい、といったような複雑な興奮が、あったに相違ない。

いっぽう、ナカニシさんの心の内にも、きっと複雑な興奮があり、あんなに憤慨していたのだろう。若い潔癖は、知性を偏差値で測定することを愚かしいことだと唾棄する。

年をとった今では、どちらの興奮も複雑なものであったとわかる。

しかし……。高校野球に疎い私は、その時は、ひとえに、ナカニシさんの、「読みまちがい」が気になった。日大アメリカンの内田監督の「読みまちがい」を、関西の人の多くが気にしたように。

ナカニシさんは、膳所高校を、「ゼンショ高校」と言っていた。

野球部監督のインタビューを聞いたのだから、アナウンサーはちゃんと正しく校名を言ったはずだが、「関西学院＝関さい学院」だと疑いもしないように「膳所高校＝ゼンショ高校」だと疑いもしなかったら、正しい校名は耳に入らない。もしくは、監督のインタビューの偏差値発言がよほど腹に据えかね、すべてがブッ飛んでしまったか。

全国のみなさん、滋賀県の「膳所」は、ゼンショじゃありません。「ぜぜ」と読みます。よろしくお願いします。

＊政所はセゼではなくマンドコロ

かわいい女の子の名前

マスコット・ガール

滋賀県の「滋」は、「滋養のある食べ物」などと言うときの「滋」。「滋味あふるる、深い味わい」などと言うときの「滋」。なのだけれど、「あの子ってぢみよね」などと言うときの「ぢ」、辞書的には「地味（じみ）」だが「ぢ」としたくなるときの「ぢ」には、「滋」と当てたくなる佐賀じゃなかった性（サガ）の私は、小学生のころ、貯金箱を持っていた。

貯金箱をくれたのは滋賀相互銀行。この行名もなんだか滋味（ぢみ）に感じるのはなぜ？教えておぢいさん。商号変更したり他銀行へ吸収合併されたり、された先の銀行がまた別の銀行の子会社になったりして、今はない。

相互銀行という金融会社形体が、全国の町のあちこちにあったころの世の中というのは、インターネットや携帯電話はおろか、カラーテレビが家にあることがデラックスだとされたような、のんきな時代であった。ものごとのスピードがなにもかも遅かった。

そんな時代に、滋賀相互銀行は私の住む町にあって、エントランスではトスカナ式の石柱が利用者を迎えていたような記憶がある。コリント式ほど上部は凝っておらず、狭い場所に立つ支店だったから、コンパクトに西洋風なエントランスだった印象が残っているのである。

滋賀相互銀行には、女の子のマスコットがあった。

年の頃は小学一年生くらい。乙女刈り*のヘアスタイルに、ベレーふうの丸い赤いお帽子をかぶって、マスタード色のブラウスに、そらいろのジャンパースカートを着ていた。マスタード色のブラウスには白い襟がついている。町かどには相互銀行があった時代に、幼女のブラウスのデザインとしては定番中の定番だったフラットカラーである。

ファッションには何パターンかあったような……。

不二家のペコちゃんは目がぱっちり大きかったが、滋賀相互銀行のマスコット人形の目は、よく観察すれば黒目がちで小さくはないのだが、ほっぺがふくよかなので、小さく見えた。

＊乙女刈り＝前下がりボブ、首元刈上げ。当時の小学生女児の大半の髪形

ペコちゃんが、三時のおやつにはショートケーキを食べて、ウテナお子さまリップクリームをつけて、鉄筋校舎の私立小学校に通っている、高見エミリーちゃんのような雰囲気なら、滋賀相互銀行のマスコットは、三時のおやつにはカリントウを食べて、近所の子らとお寺の境内で一段跳びをして遊び、公立小学校に通う小林綾子ちゃん（ただし苦労していない『おしん』）のような雰囲気。

一段跳び＝輪ゴムを繋げて長くしたものの両端を二人の「持ちい（＝持ち係）」が持つ。持ちいの足の親指がレベル1、膝がレベル2、腰がレベル3、胸、肩、頭、腕上げ……というふうに高さのレベルが上がり、跳んでゆく遊び。ひっかかると持ちいに交代させられる。（手で）「押さえアリ」「押さえナシ」などの補助用語や、お嬢さん跳び（ベリーロールふう）、男跳び（はさみ跳びふう）の、二種の跳び方があった。男女ともにたのしめる遊びだと思うが、なぜか女児だけがおこなっていた。

二種類の茶封筒

１９６０年代、私が通っていた公立小学校では、月末になると児童に二枚の茶封筒が渡された。一枚は給食費を払うための封筒。もう一枚は□□銀行に貯金するための封筒。それを児童は家に持って帰り、家の人に渡して、中にお金を入れて、翌日にまた持ってきて、先生に渡す。

給食費用の封筒には請求金額※を入れないといけないが、□□銀行の封筒には好きな金額を入れればよい。もちろん0円でもよい。自由である。が、自由といっても、学校から封筒を渡されるのだから、たいていの児童は（というか家の人は）〝しなければいけないもの〟だと思って貯金していたので、ほぼ全員だ。学校に、しかも公立学校に、民間金融会社の行員がやってきて、児童に貯金させていた（強制ではないにせよ）というのは、今では考えられない事態である。こうした事態も、のんきと言えばのんきで、時代全体がよくも悪くものんきだった。小学生はもちろん、学校職員もとくに疑問を抱いていなかった。

※封筒を配るとき、表示金額が他の子の半分の封筒が一、二枚あることに当番が気づき、「××ちゃんは××円なんや。いいなあ、いいなあ」とクラスみんなで（無邪気に）騒いだことがあった。××ちゃんはだまって騒がれていたが、生活保護を受けている家庭の子だったのだろう。

で、この□□銀行が、滋賀相互銀行だったか、それとも湖東信用金庫だったか。自分で金を出さない小学生だったので記憶があやふやである。信用金庫が掲げる意義の一つに「地域社会の繁栄」があるから湖東信用金庫だったのかなとは思うのだが、学年末か夏休み前かに、景品でもらえるマスコットに女児童たちが教室でよろこんでいた光景のおぼえもあるから、そうすると滋賀相互銀行だったのか。それとも滋賀相互銀行は「コトシン(湖東信)さんだけやのうて、ウチにも貯金をよろしいにな」と夏休み前にキャンペーンに来ていただけなのか。高度経済成長期における公民癒着の金融実態にメスが入るのを望む読者には申しわけないが、当項の主題はあくまでも滋賀相互銀行のマスコットである。

児童たちがもらったそのマスコットは、貯金箱になっていた。やわらかい樹脂でできており、お帽子のあたりに細長い穴があいた、ごく小さいものだ。135㎖の缶ビール(「ひとくち缶」などと呼ばれるやつ)より、さらにひとまわり小さいくらいだから、貯金箱としての機能はさしてない。だが、「わーい」と女児童たちは、その見かけによろこんだ。薬局がくれるコルゲンコーワのカエル(両生類)とちがって、それは女の子(ヒト)なのである。かわいかった。

しかしある日、私は知った。大きなサイズのものも存在することを。多数に配るバージョンは前述のとおり、ビールのミニミニ缶サイズだが、350㎖のレギュラー缶ビールを、さらにふっくらさせたようなサイズの、マスコットも存在したのである。それも貯金箱だ

ったのか、貯金箱ではなく人形としてのマスコットだったのかはわからない。持ち主から見せてもらったが、

「こういうものもあるのか」

という、羨望とはちょっとちがうゆらぎが生じて、貯金箱機能の有無を忘れてしまった。ゆらぎというのは、「へえと感心する」以上「ショック」未満の気持ちである。

大きいバージョンのマスコットを私に見せてくれたのは、町の病院の姉妹（私より一学年上と一学年下）だった。姉妹で並べている勉強机の、妹さんのほうの机の上にいくぶんじゃけんに置かれていた。初めて見るサイズはフレッシュだったが、サイズが大きくなると、かわいさがダウンしてしまうことに気づいて、ゆらいだ。

滋賀相互銀行のかわいいマスコットの名前は「びわこちゃん」だった。当時はほとんどの女性名に付いた「子」と「湖」をかけた、マスコットネームの名作である。

なんでも琵琶湖

びわこちゃんをくれた滋賀相互銀行は、平成元年に普通銀行になり「（株式会社）びわこ

銀行」になった。

あるとき、私の自宅（自室）の玄関先で待ち合わせをした。雑誌企画で某所（わかりにくいところにある）に行くにあたり、編集者、カメラマン、取材記者、私で、いったん集合してから移動することになっていた。スマホはもちろん、携帯電話さえ普及していない時代で、三人はドアを開けたままの拙宅（拙室）の玄関先で、残り一人の到着を待ちながら立ち話をしていた。

なつかしのマスコットの話題になり、私は、びわこちゃんのことを話そうとして、先に「びわこ銀行」という行名を口にした。ワッ。にわかに笑いがおこった。

「え？　なんでおかしいの？」

ぽかんと問う私に、みなは答える。

「滋賀県って、なんでも琵琶湖なんだな。銀行の名前まで琵琶湖」

と。こう言われて、びわこちゃんの話までするのはやめて、玄関ドアを、ゆび指した。

「びわこ銀行のマスコット……」

集ったその日より少し前に、滋賀の実家にもどったさい、「びわこ銀行」という、滋賀を出てしまった私には見慣れぬ行名の印刷された袋が目につき、チラッと袋を開けると、小さなぬいぐるみらしかったから、なんとなく持ち帰り、玄関ドアにぶらさげていた。

「なにこれ？　なんの動物？」

「怪獣かな……」

「怪獣？」

聞き返され、小さな声でびわこ銀行のマスコット名を言った。「びわごん」。ワッ。また大きな笑い。「怪獣まで琵琶湖だ」と。

そして四人は、目的地に移動した。四人だったのでタクシーを使った。夏だったので海水浴の話題になった。

小学生のころの夏休みといえば、山間の冷たい川か、琵琶湖で泳いだものであると、私が思い出話をすると、

「えっ、琵琶湖で？　琵琶湖って泳げるの？」

みなにびっくりされた。びっくりされることに、私はびっくりした。琵琶湖について、泳げるのかという質問など、上京前にはされたことがない。出版界は関東出身者が多く、

その日は全員が東京出身者だったせいか、琵琶湖は大きいとは知っていても、湖では水泳はしないというカンカクがあるらしい（山中湖や諏訪湖では泳がないからか?）。

「泳ぐよ。近江舞子とか、砂浜もきれいだよ」

ワッ。車内にまた笑い声。「近江舞子」という地名がおかしいのだそうだ。「近江舞子ってか」。ワッ。ワッ。「どこの演歌歌手だよ」と。

滋賀にいる時には、気づきもしなかった。たしかに女の人の姓名のような地名だ。近江俊郎の娘さんのようだ。そういえば大津美子という歌手もいらっしゃる。滋賀県は、廃藩置県のさいは「大津県」だったから、もしや美子さんは同郷人かと思って検索したところ、残念ながら（?）愛知県豊橋市出身。大津皇子（おおつのみこ）。こちらは福岡市生まれ（とされる）。おっと忘れちゃならないのが大映ピーク時代の女優の近江輝子。はじめは大宮輝子という芸名だったのが、戦時下に女優・芸者ごときが「宮」に「大」をつけて使うなど不謹慎だと当局から怒られ、改名して近江輝子に。じゃ戦時中は『金色夜叉』は上演禁止だったのだろうか？　宮を蹴飛ばしてるもんな。

今竹七郎《水泳はびわ湖へ》1938年（昭和13年）

第2章

ボーノ滋賀
——無名だけどおいしい郷土料理

うどんと蕎麦

ガスといえば「大阪ガス」

滋賀県から上京して長い。東京に住んでいる年月のほうが、滋賀に住んでいた年月を上まわっている。

にもかかわらず。

昨日、ガス器具の点検をしてもらったあと、名刺を渡してくれた人に、

「次に大阪ガスに連絡したいなら、この番号に直接かけるのでいいんですか？」

と訊いた。

「え？　うちは東京ガスですけど……」

当然、相手は変な顔をした。

「あ、そうか」

そうでしたねと、いいかげんな笑顔を返しておいたが、いまだにガスといえば「大阪ガス」という感覚が残っている。ガスだけではない。東京から横浜に引越しをしたとき、

「まずは関西電力に電話を」

と電気についても思った。

むろん「つい、思ってしまう」ということだが、ガスだの電気だのといったことは、子供のころの感覚がそのまま残り続けるということを言いたいわけである。

味覚にも、こうしたことは言える。

フランスの作家、マルグリッド・デュラスは仏領インドシナに生まれた。フランスで生まれ育った母親はフランス式の果実や調理法から離れられなかったが、現地で幼いころから育ったデュラスはパンより米を好み、年長けてからも魚を食べる時にはニョクマムをかけたくなった……という話を読んだことがある。

フランスとインドシナは距離がずいぶん離れているし、文化も言語も異なる。それと比べたら滋賀と東京など、隣といってもよいくらいだし、同じ日本文化のもと、同じ日本語を使っている。

にもかかわらず、関東在住の私は、この年齢になってもいまだに、「そば・うどん」表示に違和感を覚える。

薄手の布に「そば・うどん」と白抜きした旗や、店名の横に「そば・うどん」と黒く囲って添えてある看板を、歩いていると見かけることがある。そのたびに「うどん・そば」と頭の中で「∫」[*]を入れて校正してしまう。

真っ黒のきつねうどん

関西の人は、関東のうどんについて、

「関東のうどんは、あんない！」

と、よく言う（あんない＝あじない、の撥音便。おいしくない、まずい、の意）。

入試のために上京してきた日。新幹線を降りるとちょうど昼食どきだった。右も左もわからぬ首都で、十八歳の私は東京駅の地下にあるレストラン街に行った。

ごく軽い乗り物酔いをしていた。三半規管が弱く、五十分以上、車や電車や船に乗ったあとは、しばらく軽いめまいや胸焼けがおきるのだった。そういうときはきつねうどんを

＊「∫」＝文章の校正時に上下の語句などを入れ替える指示をする校正記号

食べると、いくぶんスッとする。幼少期からそうだった。私はレストラン街を少し歩いて、ウインドウに麺類のイミテーションが飾られた店に入った。

関西から東京に来た人が、きつねうどんを見て「エーッ、なんやこれ、真っ黒や！」と叫ぶコント（というか、おもしろ談話というか）がある。東西食文化の差を紹介する定番になっている。関西出身者による、きつねうどんのつゆが黒いという指摘に、関東人は「またかよ、わかったよ」と、さぞやうんざりしているだろう。

うんざりしているだろうが、店員さんが運んできたきつねうどんを見るなり、ほんとに！　ほんとに、コントのように、

「エーッ」

と、私も声をあげてびっくりした。「なんやのん、これ、黒いやんか」と。うどんが黒い中に沈んでいるし、それ以上に目を剝くほどびっくりしたのは、

「おあげさんが、きつねの色をしたらへん！」

ということだった（おあげさん＝あぶらあげ、したらへん＝していない）。

油揚げというのは、スーパーマーケットの棚で袋に入って売られているような、ああい

う、きつね色をしている。油揚げの色と、動物のきつねの被毛(ひもう)の色とが似ていることから、また、稲荷神社のきつねの石像にはよく油揚げが進ぜてあることから、きつねうどんは、きつねうどんという名前なのだ。

その油揚げが、きつね色でなく、焦げ茶色をしているのなら、

「これでは、馬うどんやんか」

黒いつゆと、焦げ茶色の油揚げ。フランス－インドシナよりずっと近い距離であっても、まだ人生経験が少なかった年齢の私には、東西差のカルチャーショックだった。

食べてみると、もっとショックだった。

「なぜ鰹(かつお)……？」

つゆのだしが鰹だけでとってある。きつねうどんが昆布だしメインでないなど言語道断。許せないことだ。

「ううむ……」

ショックを受けながらも、軽度乗り物酔いの体調でありながらも、「給食残すべからず」と殴られそうな小学校教育を受けた世代なので、ぜんぶ食べたけれども。

やがて東京で暮らすようになり、大学の学生食堂でも、下宿近くの安い店でも、上京初日に食べたようなうどんにしか出会わなかったので、「こっちではうどんは頼まんとこ」と決めた。

私が二十代だったのは1980年代のことである。今では様子もちがっているだろうが、このころには「関西風うどん」とメニューにあって、よろこんで注文すると、鰹だしのつゆを、たんにお湯でうすめてあるだけ、ということがよくあった。

関西の味付けイコールうすい、という誤解は、うすくち醬油の、名前と色のせいだろう。関西で頻繁に使われるうすくち醬油は、関東で頻繁に使われるこいくち醬油より、塩分は多い。うすくち醬油というのは、「見た色がうすい」ということだ。関西では、料理ができあがった時の色が、焦げ茶色や黒っぽくなっていなければいないほど、上手にできたと評価されるし、料理した本人もそう感じるし、料理を出された人もおいしそうだと感じる。例外の料理（昆布巻きや黒豆煮など）もあるが、基本的にこの感覚がある。

鰹だしのつゆにお湯を足したからといって、関西風の味ではない。それはただの水増し（湯増し）の味だ。こういう味を、滋賀県では（たぶん関西広範囲で）、

「みずくさい」

という。他人行儀という意味にも使うが、食べ物の味がうすくて頼りないことも、みずくさいと言う。

「みずくさい」が、東京ではぜんぜん通じない（他人行儀、という意味しかない）ことを知ったのは、若き日のおどろきだった。

千思万考にしん蕎麦

そのうち三十代になった。

ある日、「京風うどん」と旗を出した店の前を通りかかった。

「京風……」

疑り深く旗を見つめる。「関西風うどん」ではなく「京風うどん」とある。イチかバチか。のるかそるか。アタリかハズレか。ためしに入ってみた。

ハズレだった。

並木藪蕎麦（浅草の老舗蕎麦店）レベルのつゆ（濃い）に、みがきにしん（濃い）がのって出てきた。でも麺はうどんという珍妙な一品だった。

にしん蕎麦は、滋賀の「うどん・そば」の店では定番メニューだ。平和堂*にある。平和堂にあるものが滋賀の日常品だ。

さて、東京でこう言うと相手は、

「にしん蕎麦って、京都の食べ物でしょう？　滋賀県にもあるの？」

と、これまたほんとに！　ほんとにコントのように、びっくりする。若かりし日も、若くなくなった現在でも。

東京（周辺）には、滋賀と京都は、フランスとインドシナくらい離れていると思っている人がとても多い。若かりしころは、距離についてもにしん蕎麦についても、いちいち説明していたが今ではすっかりめんどうになり、「ある」と低音ひとことで流すようになってしまっていた。

にしん蕎麦だけでなく、「しっぽく」「木の葉丼」も、滋賀県の飲食店にある。

久しぶりに、にしん蕎麦について話す。

にしん蕎麦というのは、足し算引き算の麺類である（と思っている）。薄めのつゆに、濃

＊平和堂＝スーパーマーケット

いみがきにしんをのせて、バランスをとっている。にしん蕎麦にかぎっては、つゆは、ほかの麺ものに使うつゆを、それこそお湯でうすめたのでもよい。

滋賀や、京都の内陸部では、海の魚がとれない。福井など日本海側の地方から、サバを酢〆にしたり、にしんを乾燥させたり、煮つけたりして、日持ちするようにして移送した。

みがきにしん、というのは、にしんを磨いているのではない。頭と尾をとって二つに裂く=身が欠けるの意で、身欠き（みがき）にしんという。身欠いたにしんを、あまからに味をつける。日持ち目的なので、当然、味は濃い。佃煮ふうの、濃おい味になる。

この味付けは、井伊直政はじめその家臣たちは好みだったかもしれない。徳川家康から褒美の栄転をさせてもらい、浜松から彦根に赴任してきた彼らは、関東風の味だと感じたのではなかろうか。

東から井伊家がやってきたからか、今でも彦根（滋賀北部）のあたりの人のことばづかいには、ほのかな東日本アクセントがみられる。

なお、滋賀北部（福井に近いほう）は、琵琶湖の北という意味で、滋賀では「湖北」と呼ぶ。

だが、みがきにしんの、あの濃おい味付けというのは、滋賀の、とくに滋賀南部東部の味付けではなかったはずだ。

はてさて……。丹波地方（京都府北部）では蕎麦の栽培が古来盛んであったので、天正時代あたりに蕎麦切り（そばがきなどではなく、麵状の蕎麦）が全国的に広まると、丹波蕎麦が、南下して京都市内や湖南東のほうにも広まっていった。だが、このあたりの人は、蕎麦切りも、うどんを食べるように昆布だしのつゆで食べた。そして、「どうも、この蕎麦ゆうのんは、おいしないなあ」と感じていた。はっきり「蕎麦はあんない！」と断定する人も少なくなかった。

関東の人は、関西の蕎麦について、

「関西の蕎麦は、まずい！」

と、よく言うであろう？

関東の人がこう感じるように、滋賀（や京都や大阪など）の人も、そう感じている。昆布だしのつゆで蕎麦を食べるからだ。うどんにも蕎麦にも責任はない。マッチングに原因があるのだ。

そんなある時、だれかが「そや、あの濃い味のみがきにしんを、ここにのせてみたらどやろ」と思いついた。「あっ、ばっちりや。蕎麦を食べるんやったら、コレのせたら合うやんか」と膝を打った……。

……これがにしん蕎麦の始まりだと私は想像しているのだがどうだろう？

「にしん蕎麦」というメニューが確立された現在は、滋賀（周辺）では、濃い味のみがきにしんが上にのることをあらかじめ考えて、つゆを普段よりうすくしてくれているとおいしい。また、にしんに九条葱（くじょうねぎ）は（実は）合わないので、みょうがと生姜（しょうが）を千切りにしてかけてくれている店はもっとよい。ただそんな店にめぐりあったことがないので、私はみがきにしんだけ買ってきて自前のやくみで作っている。つまり、引き算も、やくみの工夫も、なにもしていない店がほとんどなのが現実である。結果、どうなるかというと……、「にしん蕎麦が名物だっていうから、食べてみたけど、あれ、あんまりおいしいものではないわね」

という評価が、観光客からあがる。


観光客の感想が正しい。にしん蕎麦というのは、ことほどさように、さしておいしいものではない。とはいえ、私はたまには食べたくなる。現代のティーンが、ファストフードのハンバーガーや袋入りポテチについて、すばらしい味だと思っているわけではないが、ずっと食べていないと、ふと食べたくなるようなもので、子供のころに食べたものを、ふと食べたくなるのである。

ツラい観光パンフレット

では、赤飯である。

うどんと蕎麦の話をしていたのに、なぜ赤飯になるかというと、あるとき都内の蕎麦屋で、『秘密のケンミンSHOW（以下、ケンミンショー）』というTV番組を見たからだ。

拙宅にはTVがないので、飲食店等でTVがあると見る。

全国各地をおもしろおかしく紹介するこの種のバラエティ番組では、効果音ならぬ、効果声とでも呼ぶべき、観客の反応（笑い声や、びっくりする声など）が入る。

私が見たときは新潟県の特集だった。新潟県の赤飯が紹介された。

赤飯が画面にアップになると、どよめきの効果声。

一般的な赤飯の色である小豆色ではなく、ルイボスティー色というか、うす茶色をしている。新潟県では赤飯に醤油を入れるのだそうだ。

新潟県出身の田中角栄について、毎晩オールド・パーを愛飲し、締めのラーメンには醤油をどぼどぼ付け足すような食生活が、脳出血を招いたという主旨の意見を、あちこちで読んだ。田中角栄の食生活を間近で見たことが私はないから、日常的にどれくらいの塩分摂取を氏がされていたのか、じっさいのところはわからない。が、醤油で味付けするのが新潟の赤飯の特色なのであれば、新潟周辺域の人の味の嗜好として、醤油味をおいしいと、基本的に感じる傾向があるのではないだろうか。あるいはこいくち醤油で味付けされた料理の、醤油を感じさせる色みに、基本的に安心感を抱くのではないだろうか。むろん、その量の多寡（＝その濃淡）については各人の好みがあるとしても。

これは、滋賀の人が、昆布だしをおいしいと基本的に感じるのと同じだと思う。九州地区の人が、豚骨だしをおいしいと基本的に感じるのも。デュラスと弟が、ニョクマムをおいしいと基本的に感じるのも。

舌の味蕾が形成される時期に慣れ親しんだ基本的な味というものが、人にはあるはずだ。極端な場合、それ以外は、受け付けない（排斥しようとする）センサーも働くだろうし、もうすこし度合いが下がって、「わからない」という場合もある。

あるとき、四人で会食をし、締めに土鍋ごはんを食べた。具はレンコンのみじん切りくらいで、だしは昆布だしだった。ごはんにレンコンなので、見た目は乳白色である。が、口に入れると、くっきりとした味付けの昆布だしだった。

四人のうち三人は関西出身だったので、「あ、これ、おいしい」と言った。だが一人だけ、「味がしない」と言った。新潟出身だった。こういうことはあると思う。おかしなことではなく、自然なことだと思う。


ただし。たまに。

いいですか、ごくたまに、ですよ。


意地になって味をうすくし、うすあじというより、みずくさいだけのコクのないスカスカ味の料理を観光客に出し、観光客が醤油をかけたがると、

「いややわあ、この味がわからはらへんやろか。これが京都の味付けどす。ほほほ」

と高飛車に嗤う(わら)ような店が、京都にはもしかしたらごくごくたまにあるかもしれないので気をつけよう。そして滋賀には、京都よりも、もうちょっとあるかもしれない。

滋賀には、「滋賀なのに京風を売りにする店」がよくあるのだ。だましてやろう意識ではなく、そうするしかない、まことにツライ事情がある。フランスとインドシナほど距離

的に離れていないがためのツラい事情である。

インドシナは長くフランスの植民地であった。滋賀は、観光的には、長く長く、今なお、京都の植民地のように扱われる。

国内旅行のパッケージツアーには《京都・琵琶湖の旅》とか《京都・奈良・琵琶湖》というのが、よくある。《京都・滋賀の旅》でも《京都・奈良・滋賀》でもなく、《京都・琵琶湖の旅》や《京都・奈良・琵琶湖》……。地面はないのか、滋賀には……。

観光客は「京都」をありがたがる。豆腐でもラーメンでも野菜でも、「京風」とか「京野菜」とか「京都直送」などとなっていると、たちまち「ありがたや〜」とひれふす。

「滋賀」ではそうならない。

ツラい事情を抱えた滋賀の、それも観光客相手の店では、「京風」を売りにするしかなく、そうなると、京都の最大の名物である「いけず」まで売りにして、京都よりも京都らしい「いけず」な店も(もしかしたら)あるかもしれない。観光客は気をつけよう。

あっ。当項を書いていてひらめいた。私もプロフィールを、

「姫野カオルコ・琵琶湖出身」

としたほうがわかりやすいのか、いや、ここはもっと、
「姫野カオルコ・京都隣県出身」
としたほうが好感度がアップするかもしれない。著作のタイトルも、
『ツ、イ、ラ、ク』↓『京都付近でオ・チ・ル』
『サイケ』↓『京都大学にバリケードがあったころ』
『ハルカ・エイティ』↓『京都に嫁（とつ）がなかった女の一代記』
『ちがうもん』↓『京都じゃないもん』
にしていたら、もっと売れたかもしれない。

大手旅行代理店の最近のパンフレットにもやはり「滋賀」の文字はない

まぼろしのサラダパンから滋賀県を巡る

サラダパンは新興の名物

滋賀で暮らした年月より上京してからの年月のほうが長くなったと別項に書いた。だが、滋賀－東京を往復していた年月も、相当長かった。親族たちの健康が芳しくなかったからである。

親族の内情については、だれもがそう簡潔に語れることではあるまい。健康を害した親族の様子を見に帰郷するのは、浮き立つ気分ではなかった。ただ、自分が住んでいたころの景色や人やモノが変化してゆくのを、あるていど継続した年月のうちに観察できたことは、よかったのではないかと思う。

その例の、小さなアイテムとして、サラダパンがある。ＴＶ番組ケンミンショーで紹介された。

ケンミンショーは、特番で高視聴率だったために週一放送になった人気番組であるが、なかなか滋賀県は出てこない。やっと出てきた回でムーディ勝山が紹介したのだった。

ムーディ勝山のプロフィールは、ケンミンショー初出演時には「放送作家兼芸人」だった。同じころにこの番組に出ていた渡辺直美のプロフィールは「ムーディ勝山を尊敬する女芸人」だった。

カンだが、ムーディ勝山は、この回のケンミンショーに出演するまでサラダパンを食べたことがなかったのではなかろうか。名前も存在も知らなかったのでは？　私がそうであったように。そして、滋賀県民の大多数の人も、そうだったのでは？

サラダパンというのは、湖北（琵琶湖の北、滋賀県北部）のパン屋さん「つるやパン」が販売している商品で、昭和30年代風のコッペパンに沢庵の刻んだものをマヨネーズ風のドレッシング（ソース？）で和えたものがはさんであるのだそうだ。ケンミンショーの説明を見て知った。そのころ、滋賀－東京を往復していた時期だったので、「へえ、そんなものがあるのか」と、親族を見舞うさい、京都で下車せず米原で下車した。ここでまた全国のみなさんには説明が必要になる。

全国のみなさんは（兵庫のみなさんでさえ！）、滋賀と京都の距離＝フランスとインドシナ

の距離と思っておられるので、

「滋賀県に行くのになぜ京都で下車するの？」

という質問を受けるからだ。

東京から大阪までびゅーんと東海道線が走っているのは、全国のみなさんも御存じだ。東京から大阪に着くちょい前に京都があるのも御存じだ。京都に着く前（東京寄りに）滋賀があるのも、もしかしたら御存じかもしれない。でも、

《京都からたった1駅で滋賀》

なのは、全国のみなさんにまったく知られていない。兵庫のみなさん、三重のみなさんでさえ御存じなかったりする。

東京から東海道線（新幹線じゃない線路）を、大阪に向かって行くとする。静岡を通過し名古屋を通過し……滋賀に入る。滋賀内で何回か停まる。米原に停まり、米原からいくつか停まって、大津に停まる。大津は滋賀県の駅だ。県庁所在地の駅だ。

宮崎県でいうと宮崎だ、日南ではない。青森県でいうと青森だ、三沢ではない。広島県でいうと広島だ、府中ではない。栃木県でいうと宇都宮だ、日光ではない。大津は滋賀県

の県庁所在地の駅だ。

その県庁所在地・大津駅から1駅で京都の山科駅だ。その次が京都駅だ。京都府庁所在地と滋賀県庁所在地の駅は、たった2駅の10分だ。

「えっ、そんなに近いの？！」

こう叫んだのは、兵庫県は芦屋在住の新聞記者だったくらい、知られていないことなのである。もちろん、知識としては知っている。でも感覚として知られていないのだ。兵庫県芦屋在住者でもこうなのだから、全国的には「京都－滋賀＝フランス－インドシナ＝パリ－サイゴン」くらい離れていると思われている。

ここまで説明して、私が滋賀に帰る時には新幹線の京都駅で下車していることに納得していただけただろうか。

親族たちが入院したり入居したり療養したりしている病院や施設や家は、どれも湖の南東にある。よって、それらの場所に行くには、新幹線京都駅で下車して在来線に乗り換えていたわけだ。

だが、サラダパンというものをケンミンショーで知ったので、「のぞみ」ではなく「ひかり」を使い、米原で下車したのである。米原は琵琶湖の北にある駅である。

「ひこにゃん」ならわかります？　わかるかな？　びくびく。日本一、忘れられる県のゆるキャラなのにわかる？　ひこにゃん＝彦根のにゃんこ（猫）をシンボルキャラとする彦根も琵琶湖の北の駅です。米原は、彦根よりさらに北。

米原で下車し、平和堂に行って、私はサラダパンを求めた。「ない」と即答された。

××県に住んでいるといっても、××県民ほど××県のあちこちには行かないものだ。私は県内で何回か引越しをしているから、ちょっとは動いたが、いかんせん、何回かの引越しはみな、ごく幼少のころだったので、直接、自分に接触してくれた人間や住んだ家屋についてはよく覚えていても、地理としての土地については覚えがない。

中学生以降の私にとっては、湖北はなじみが薄く、米原は乗り換えるのに通過するだけの駅で、この駅で下車したこと自体が冒険だったのに、「ない」という結果で、へこたれた。買わずに、即、本来の目的（見舞い）にシフトした。

しばらく後。また滋賀（の病院）に行く用事ができた。滋賀に行く用事がしじゅうある時期だった。この時期を、以下「滋賀－東京－往復期」と書く。滋賀－東京－往復期の別の日に、長浜まで行ってみた。長浜は、米原よりも、さらに北だ。

理由はサラダパンではない。認知症が進んだ母親に、なにか長浜を思い出すようなものを持っていってやろうと思ったのだ。

「長浜に住んでいたころはたのしかった。長浜の人の話し方は、湖南の人の話し方より上品やった。湖東なんかの人と比べたらもっともっと上品やった。湖東はお菓子の色（かつてはエリアごとに家内制和菓子業の店がよくあった）かてどぎつい。こんなどぎついとこで、いやな人（夫のこと。筆者の実父）といっしょにいんと、一人でのんびり長浜で暮らせたらどんなにええやろ」というようなことを、母親は、私が小学生だったころから、ことあるごとにつぶやいていたからである。湖東の商家で売られている品物は、菓子も雑貨も、色合いがどぎついと、それはもう念仏のように繰り返していた。

母親の発言における湖東地方への疎ましさは、そこが夫と結びついた土地だからであり、ごく個人的な家庭環境によるものなので湖東の方におかれては何卒悪しからずお許し願う。

ところが。いざ長浜で下車したところで、ぱっと買ってぱっと母親に見せれば、ぱっと長浜を彼女が思い出して、ぱっとなつかしくうれしくなるようなモノを、ぱっと見つけることはできなかった。

あたりまえだ。あたりまえなのだが、東京での暮らしに不規則に滋賀に行く用事が入ってくる生活というのは、「PCに向かって原稿を書いていると、急に停電になって原稿がいっきにパーになるみたいなことがしょっちゅうおきる生活」のようなもので、こういう生活だと、急に仕事を中断せねばならぬ焦りより、暗澹たる思いがぐじゅぐじゅと湧いてきて、それをガムテープで塞ごうとする。さしたる効力などないのに、そうでもして気をおさめようとして、「そや、長浜に行ってみて、なにか買うてったげよ」と、ふと、思ってしまったのだった。

長浜観光のために下車したわけではないから時間がたっぷりあるわけではない。「そや、こんな時こそ」と、長浜の平和堂に行ってサラダパンを求めた。「ない」と言われた。

「サラダパンは木之本店でしか売ってへんのとちがうかな」

店員さんは言った。聞いて、今度はへこたれなかった。さっさとあきらめた。

木之本というのは、長浜より、さらに北なのである。

もはや東海道線ではない。説明はもうGoogleマップにまかせます。全国のみなさん、なにとぞ各自でお調べ乞う。木之本町は長浜市に属する。駅名は「之」ではなく「ノ」を用い、「木ノ本」と表記する。この駅は東海道線ではなく、北陸本線に属する駅である。木ノ本駅というのは北陸への入り口なのである。木ノ本の先に塩津がある。世間知らずで生意気な女子高校生の歌碑がある。

知りぬらむ　ゆききにならす塩津山
　世にふる道はからきものぞと

〈口語訳〉わかったでしょ？　塩津の急峻は、（地名が）塩だけあって辛いと（汚い服着て）しょっちゅう往き来してる（下賤な）あなたたちも。世の中の道ってのは、ほーんと厳しいもんなのよ。

詠み手は、パパの勤務異動で京都から福井に越すことになった紫式部である。現代年齢換算で十六、七の女子高校生は、自分は輿に乗りながら、その輿を汗水たらしてかついでくれている業者さんに向けているのである。私も詠んだ。

知るべしぞ　見舞いにならす近江路の
　世に経る道はからきものぞと

〈口語訳〉心得ないといけないわ。いつも見舞いで東国と近江の路を往き来しているものだから甘い気持ちになってたわ。（TVで見たサラダパンをミーハーに買おうったって）世の中の道はいやはや厳しいものだわさ。

見舞いのついでにサラダパンでも、といった了見がふとどきだった。新興の名物を得たいなら、これを得るだけのために滋賀に来ないとならなかったのだ。しかしながら、このからき体験（？）で全国のみなさんにも、滋賀県に行きさえすればサラダパンがすぐ食べられるわけではないことが、わかっていただけた（知りぬらむ）ことと思う。『秘密のケンミンSHOW』とはよく言ったものだ。サラダパンにかぎらず、滋賀県にかぎらず、この番組で紹介されるモノや風習や場所は、そのケンやケンミンにとってなじみのあるモノでも風習でも場所でもなく、かぎりなく狭いエリアでのそれなのである。それを、そのケン全域の、ケンミン全員の、なじみであるかのように紹介する。

と同時に、反対のこともする。「秘密の大阪」と銘打って、「大阪ではこうだ」「大阪にはこんなものが」「大阪人はこうする」などと、大阪にかぎらず関西では広く見受けられる風習や言い方やモノなどを、大阪にかぎったこととして紹介する。

ここにTVというメディアの秘密がある。

サラダパンが木之本でしか売られていないのに、滋賀県全域での名物のように紹介するのは、ふなずし以外に視聴者の注目をひく食べ物は何かないものかと、番組制作サイドがさがして、これだと思ったからだろう。他県の回でも、そうしてきたように。

反対の紹介のしかたの場合もある。関西広範囲のことでも、大阪だけにかぎって、大阪ではこうだと紹介する。これは、番組制作サイドが、そのほうが視聴率がとれる、おもしろそうに見えるのではないかと思うからだろう（一、二度、大阪特集をしたらその時、視聴率が高かったのだろう）。

ＴＶ番組というのは、視聴率第一で制作せねばならない。

売り上げ（収益）が第一なのは、資本主義経済社会ではなんでもそうだが、放映後に、視聴率は何パーセントだったと、たちどころに数字をつきつけられるＴＶ業界では、まさに視聴率にふりまわされて、番組を制作しなければならない。

ケンミンショーでの各県の紹介のしかたを、やらせだととる人もいるかもしれないが、ＴＶ放送というものが始まった時代には、もっともっと、本質的なやらせがあったのではないか。現在は、視聴者のほうが「話半分」でＴＶを見る傾向が、かつてよりは強いので、やらせというよりは演出と受け取られている向きもあるだろう。

演出となれば、お客様にたのしんでもらえるよう名案を考え出すのは、第三種産業のつとめであるが、このあたりのかねあいというものは、きわめて難儀だ。

『峠の釜めし』と双璧の絶品駅弁

長浜でサラダパンを買えなかったので、次の「滋賀での用事」のさいには、米原で駅弁を買って、在来線の待ち時間に食べた。車内ではなく駅構内で。

他県の知人から「米原駅で売ってる『湖北のおはなし』がおいしい」と聞いたからだ。

滋賀県在住者は、滋賀県の駅弁を食べる機会が少ないはずだ。この点、滋賀県民でも食べたことのないサラダパンに似ているが、米原駅は、乗り換えに利用する人が多いので、サラダパンよりははるかに入手しやすい。

さっそく『湖北のおはなし』を食べてみた。おいしかった。

故・藤村俊二プロデュースの駅弁『大人の休日弁当』より、値段の点でも[*]、デザインの点でも、味の点でも（好みの差はあろうが）勝ったと思った。

＊値段の点で勝ち＝安い

『湖北のおはなし』は『峠の釜めし』と双璧の駅弁の名作である。旅することが少ない私なので、データ数の少なさはお許し願うとして。

『峠の釜めし』の容器は、「あら、これ、あとで何かにちょっと……」な、実用的使えそう感があるが、『湖北のおはなし』の容器は、風情で勝つ。竹すだれの箱に入っていて、それを唐草模様の不織布で包んである。中身は次のとおり。
◆ごはんはもち米の炊き込みごはん。具材が、春は山菜、夏は枝豆、秋は栗、冬は黒豆と季節によって変わる。もち米の炊き込みなので、もたれるというところまではいかない程度に、ばつぐんに腹持ちがよい。秋などは、具材が栗なので、正午に食べると20時ごろまでおなかがまったくすかない。甘みのあるドリンク1杯さえ飲みたくならない。
◆琵琶湖名産の鴨のスパイシーなロースト
◆玉子焼きは、しっとり甘め。
◆琵琶湖名産のいさざの炊いたん(=煮物)。琵琶湖固有の小さな淡水魚であるいさざと大豆をあまからで煮つけたもの。子供のころは、さしてうまいとは思わなかった。大人になると、実にうまい。車内でパック焼酎やパック日本酒を飲む人にはぴったりの肴になろう。

◆デザート。ごはんのすみっこに、小さな紙のサイコロが入っている。むかし駄菓子屋で5円で売ってたような紙のサイコロ。なかにキャラメルが入ってたサイコロ。『湖北のおはなし』のサイコロの中身は、キャラメルではなくてかんろ飴。キャラメルは気温や炊き込みごはんの熱などで溶けてかたちが崩れることもあるからやめたのかもしれない。

スイーツには関心皆無といってよい私は、これくらいの、ほんのひとくちだけのデザートをつけた弁当なり定食なりコース料理なりに好感を抱く。『峠の釜めし』も、上にのっているドライフルーツを、最初に蓋(ふた)にとっておいてデザートにする。食後のブラックコーヒーに、ほんのひとくちのデザートになる。なもので、『湖北のおはなし』も、ひとつぶの飴だけついていることで高評価になる。サイコロの中身がもし、グリコアーモンドキャラメルなら、さらに高評価で感涙の食後であろう。

グリコアーモンドキャラメル＝最近は見かけないが、万博前にはどこでも売られていた。朱色系の赤ではなく、濃い赤の箱がかっこよかった。量別に箱のサイズが異なり、最少量かつオマケナシ版の箱は、面が正方形で、めちゃかわいかった。「めちゃ」という副詞は好まぬが、この箱に関しては「めちゃかわいい」とつけるのがぴったりだった。キャラメルによくあるコーヒー牛乳味ではなく、アーモンドチョコ味。私は菓子への関心がきわめて低いが、チョコレートだけ大好きなので、大人からグリコアーモンドキャラメルをもらうとうれしかった。森永キャラメルをもらうとぜんぶ人にあげ、不二家フランスキャラメルは、箱の女の子の絵がかわいかったがグリコの箱の立体デザインとしてのかわいさには及ばず、チョコ味の列だけ抜いて、あとはぜんぶ人にあげていたので、「気前のよい子」と思われたりしていた。

『湖北のおはなし』のメニューは、書き出されたものを読むだけだと「ふーん」かもしれない。が、じっさいに食べてみると、なんともバランスがよい。塩からい、醤油あまがらい、ごま味と、舌のいろんな部位で感じる味が配置されている。

ただし注意。駅弁なのだ。よって味は濃い。日本全国、どの駅弁も、例外なく味は濃い。防腐を考慮せねばならぬ宿命を負っているからだろう。食べた後、ごくごくお茶を飲まないとならない。たとえ見た目が薄そうでも味は濃い。

駅弁である以上、濃い味を前提としなければならない。よって、観光客が『湖北のおはなし』を食べてみるなら、ブランチとして食べて（腹持ちがするから）、ランチは抜いてお茶かミネラルウォーターだけにして、日中はめいっぱい観光で動きまわり、夕食に近江牛のしゃぶしゃぶ、という食事スケジュールにするとよいのでは？

前節で、旅行社が《京都・琵琶湖の旅》とか《京都・琵琶湖・奈良の旅》とかいった、滋賀県民にはかなしいパンフレットを出す話をしたが、近畿放送（現・KBS）で毎晩『心のともしび』を聞いていたからには、「暗いと不平を言うよりも、進んで灯りをつけましょう」と、ここは《京都・琵琶湖》ではなく、ちゃんと《滋賀・京都》の旅をする方にコースモデルのプランを作ってみた。

◎プラン名……おいしい近江路、サラダパンスルーの旅

◎「ひかり」を利用する。最初から「ひかり」でも、「のぞみ」から乗り換えでも可。朝十時ごろ米原に着く「ひかり」を利用する。

◎旅行当日の朝はなにかと慌ただしい。起きて顔洗ってしたくして、朝食はヨーグルトとかバナナくらいですませて出発。

◎米原に着いたらブランチ。駅で『湖北のおはなし』を買う。ゆっくり食べる時間を考慮して、在来線（琵琶湖線）と私鉄（近江鉄道）の時刻表を調べておく。駅構内に休憩コーナーがあるので、そこで『湖北のおはなし』の包みを開き、味わって食べる。サイコロのデザートはポケットに入れておく。

◎食後のコースはAとBの二通り。

◆Aコース＝鉄道マニア駅舎派向き
▼Bコース＝歴史ファン大河ドラマ派向き

では出発だ。

かつて滋賀には飛行場があった

まずは◆Aコース（鉄道マニア駅舎派向きコース）。

◆JR米原駅を出て私鉄近江鉄道駅に行く。以前はくっついていたが、今は建物が別々になってしまった。くっついていたころは、近江鉄道の路線図（板にペンキ描き）といい、切符販売所の木製窓口といい、ホームよりわずかに高くなった改札手前から、スピードを落としながら駅構内に入ってくる車両の正面顔の、水彩画にして額装したくなるような構図のよさといい、取り壊しが決まってからは連日、鉄道マニアがおしかけた駅であった。

近江鉄道の運賃は高い。日本で一、二を争う高さである。この事実を大人から聞かされた子供のころは「滋賀県が珍しく日本一になることがある思もたら、こんなことかいな」とがっかりしたものだが、土曜だと「近江鉄道の乗り放題」切符が発売される。旅行日が土曜だったら、これを買うのも手（どれだけ乗るかによるので計算は各自で）。

◆米原駅から乗り、鳥居本駅で下車する。鳥居本駅舎は見ものだ。まるで内藤ルネの描くおしゃれな少女が次の電車を待っていそうな旧駅舎が保存されている。これを見て、鳥居本から八日市駅まで行く。京都方面に進むためには、ここで乗り換えないとならない。

八日市駅は残念きわまる改装の例である。『ざんねんないきもの事典』ならぬ『ざんねんな駅舎事典』を鉄道マニアのどなたかに書いていただきたいくらい、地団駄踏むほどざんねんな改装である。

今から言ってもせんかたなく、また滋賀県を離れている者が、ざんねんだと言ったところで、それは勝手な情緒でしかなく、現在の住民にとっては現在の改装のほうが、きっと便利なのだろうと信じたいが、同じ改装でも日野駅になされたような、トイレや車椅子用スロープなど衛生安全面は最新にして、でも全体的な雰囲気としては元のかんじをできるだけ残したのだったら、観光客も動員できたろうにと、やはり思わざるをえない。

かつての近江鉄道・八日市駅は、見ものだった。戦前の慣習どおりに、右から左にヨコガキされた商品名の刷り込まれた大きな鏡。タテガキの墨書きの運賃表。何度もペンキを塗りかえ塗りかえ、独特の色みになった木製のベンチ。木枠にガラスの嵌まった菓子ケースの並ぶ売店、等々。あの雰囲気は保存しておいてほしかった。

が、待て待て、この雰囲気を残した駅舎が近くにある。八日市駅で乗り換えたら、次の駅ですぐまた下車しよう。

◆次は、新八日市、という駅である。

もとは別の鉄道会社の駅だった。飛行場へ行ける駅だった。関西在住者でも「飛行場？滋賀県に飛行場あったっけ？」と首をかしげるだろう？　私も子供のころはかしげたものだ。おじいさんおばあさんが、「飛行場のそばや」とか「あの飛行場に行く時にな」などと言うのを耳にすると。「なんのこと？？？」と首をかしげたものだ。

後年に調べてわかった。滋賀県には戦前、飛行場があったのである。

戦前のお金持ちは、とことんお金持ちであった。滋賀県のあるお金持ちの呉服屋さんが、故・横山やすしのように飛行機に凝って民間飛行場を、琵琶湖東部の原っぱに作りはじめたのだが、専用機に乗っていて墜落して死んだ。そこで町や県が陸軍に打診して、大日本帝国陸軍用の飛行場として完成させた。そういう飛行場があったのである。

戦後、飛行場はなくなった。飛行場へ行ける線路もなくなった。米原から八日市駅までだった近江鉄道は、八日市から新八日市まで線路をつなぎ、そのまま近江八幡（国鉄・東海道線の駅）に行けるようにした。

ところでこの近江鉄道というのは、西武王国の創始者、堤康次郎の会社である。

滋賀県から東京にやってきた私は、不動産屋さんで紹介された石神井（しゃくじい）界隈に住むことにした。ビルの屹立する大都会新宿の国鉄駅（当時）から、西武線のほうに移動して改札を抜け、西武線のホームではじめて車両を見た時には、びっくりした。

「なんや、これ、近江鉄道やんか」

まるで映画『猿の惑星』でチャールトン・ヘストンが自由の女神を見つけるシーンのように。ちょっと大袈裟か。たとえにこの映画を出したのは、新『猿の惑星』というのがあるからである。続『猿の惑星』の次に。

で、滋賀県にもどり、西武線車両と同じ車両が行き来する近江鉄道の、八日市駅の、次の駅が続八日市駅で、その次が新八日市駅……、だと（少し）おもしろいが、八日市駅の、次の駅は、続はなくて、新八日市駅である。

新八日市駅は、毎日、全国から集まる鉄道マニア駅舎派を、感涙にむせび泣かせている。この駅ではぜひ下車して、じーんとしていただきたい。一時間くらい、アッというまにじーんとしていられるほど、じーんとする駅舎である。

駅員さんが切符を切るのに入る囲いも木製なら、駅舎の外壁も木製で、ペールグリーンのペンキの乾燥の具合といい、蔦(つた)の絡まり具合といい、ああ近江鉄道におかれましては、近隣のみなさまにおかれましては、ああどうか、ああどうか、この新だけは、八日市駅のような無粋な改装をせず、なんとか保存に尽力してください。お願いします。

じーんとして、次の電車の座席では、じーんとしめつけられる胸に左手を当てながら、近江八幡へ向かう。その時、座席でほっとして口に入れるのが、さきほどブランチとして食した『湖北のおはなし』についていたサイコロだ。中の飴を舐め舐め、右手指でスマホ画面をこすり、撮った駅舎写真を確認しよう。

井伊直弼を演じた俳優ベストはだれ？

次は▼Bコース（歴史ファン大河ドラマ派向き）。

▼米原駅で『湖北のおはなし』を食べ終わったら、サイコロはポケットにしまい、JR在来線（東海道本線・琵琶湖線）で京都大阪姫路方面行きの電車に乗る。

米原の次の駅が彦根だ。「歴史ファン目お城科」の人なら、下車を勧められずとも足は自然にホームに吸いよせられる。

国宝彦根城は、再現されたお城ではない。井伊直弼が大老だったときのまま（すべてそのままとはいかないが）保存されているお城である。駅からお城まで直行だ。

お城の敷地に踏み入れたら、天守閣を目指して砂利道を歩く。サイコロはポケットに入っているね、これはそのままにしておき、あたりをきょろきょろ見回そう。要塞としての工夫に着目のこと。

お城の中に入ったら着目は床！　できのよくない漫画やアニメや映画に描かれる「まるでウォシュレットを使っているかのような戦国武将」が、いくらフィクションでもあまりにリアリティがないことを、粗削りの床は教えてくれる。

天守閣への階段は、階段というより梯子（はしご）に近い急勾配なので、Bコース選択の場合、ミニスカートはやめておこう。よっこらせと天守閣に着いたら、展望をたのしみつつ、金と時間を受信料を元手にたっぷりかけた歴代のＮＨＫ大河で、井伊直弼を演じた俳優の中で、だれが一番よかったか決める。

決めてどうするって？　決めるだけでたのしいのが歴史ファン大河ドラマ派ではないか。共学ライフにおけるアレだ。クラスの女子でだれが一番カワイイか、投票する時のあのキンパク感だ。男子は、コレを自宅の自室で一人でもやる。あのコーフンだ。

時代劇華やかなりしころは、彦根城は撮影によく使われた。「その理由を知ってるか？彦根城はな、江戸城に一番似たるさかいや」と、小学生のころ、大人から言われたが、どうなのだろう？

私が小学生だったころというのは、ずいぶん昔のことになってしまうが、ある日曜日か祝日に、大人数人とともに彦根に行くことになった（子供は私のみ）。なぜ行くことになったのか理由はわからない。子供に説明する必要はないと思っているのが大人の特徴だ。彦根城の近くの喫茶店で昼御飯（軽食）を食べていると、われわれのテーブルの隣、私のすぐ横に、サムライがすわった。

江戸期武士なのか戦国期武士なのかまで、小学生なので区別はできず、ただサムライと思った。「えっ」と驚いた。新宿で近江鉄道車両を見た時より驚いた。小学生だからといって、サムライがタイムマシンで現代に来たのだとはさすがに思わないが、「なんでサムライの格好(かっこ)してはるの?」と驚いた。サムライの格好で、コーヒーを飲んで、専売公社のハイライトを吸っているのがまた違和感なのだった。

しげしげ見たかったたが、すぐ横にすわってらして、かえって凝視できない。体と表情をこわばらせていると、大人の一人が、説明をしてくれた。「映画の撮影をしてはるんやろね」と。その大人は、サムライの出現にそう驚いているふうでもなかった。それくらい、彦根ではよく時代劇の撮影がおこなわれた(今も?)のである。

▼彦根駅にもどったら、在来線(東海道本線・琵琶湖線)で京都大阪姫路方面行きの電車で、近江八幡まで行く。

▼近江八幡の駅にあるレンタサイクルで自転車を借り、安土城址まで行く。

城址であって城ではない。御存じのとおり残っていないのだ。だがお城までの階段には、比叡山を焼き討ちした時にクズになってしまった墓標やお地蔵さんなどが使われているという。一段ごと、奇抜な戦法をとった武将(織田信長)に思いを馳(は)せることになろう。

「歴史ファンのおじさん」は、なぜか戦国武将と会社上司を結びつけるのが大好きだが、織田信長は「上司になってほしくない戦国武将第一位」だろうな、たぶん……などと思いながら、さあ、ポケットからサイコロをとりだすのは今だ。サイコロの中の、飴を舐め舐め、安土駅前までレンタサイクルを漕ぐ。

駅前到着。安土城天守閣のレプリカがある。「なーんだ」な落胆のレプリカであるが、まあ、このお手軽天守閣も、ご愛嬌ってもんさと思った時に口の中が飴で甘ったるい。コーヒーが飲みたいなと思うはず。駅近くにあるのだよ、「織田信長コーヒー」を出してくれる店が。

▼ヒステリックな上司コーヒーを飲み終えたら、レンタサイクルで「老蘇の森」に行くのもだんぜんお勧めだが、ここに行くと「地質学植物学ファンの学術コース」になってしまうので、当Bコースでは行かないことにする。レンタサイクルで、近江八幡までもどる。

時代劇に頻出の風景はこのロケ地

ここ近江八幡からは、A・Bコース共有の順路となる。

◆▼近江八幡駅から、八幡堀まで行く。Bコースの人はレンタサイクルがあるので、すぐ。Aコースの人はバス（すぐ）か歩いて（十五分くらい）ください。

八幡堀も、彦根城同様、時代劇の撮影が多いところである。舞台が滋賀県でなくとも、江戸の風景として撮影されていたりする。

Bコース者は、安土城址を見たり織田信長コーヒーを飲んでいるため、戦国時代モードになっていて、そういや草刈正雄の真田昌幸はよかったと思い出す。いやいや、しかし。八幡堀では、それ、忘れて。彦根城で井伊直弼に思いを馳せたように、また幕末にモードをチェンジしてくれたまえ。同じ草刈正雄なら、まるで木原敏江の漫画からそのまま抜け出てきたかのようだった二十代時の彼の『沖田総司』を思い出そう。未鑑賞の方は帰宅後にぜひ。監督が滋賀県出身の出目昌伸。ロケ地も八幡堀だ。

出目監督の『沖田総司』までの、時代劇における新撰組は、「良いもん」か「悪もん」かのどちらかになっていることが大半だった。それが、出目監督の『沖田総司』においては、テロリストとしての新撰組の暗部と、制作当時の草刈正雄のアイドル的人気を、両立させねばならない興行的苦悩のためか、偶発的奇跡的効果を生み、良いもんか悪もんかの単純役割分担にならず、数ある新撰組映画の中でも出色の、日本時代劇史上でも屈指の秀作になっている。

土方役は、ＮＨＫ大河ドラマ創世記に織田信長をやった高橋幸治である（後年の大河でやはり織田信長をやった高橋英樹とまちがえないように。緒形拳が太閤記をした時の織田信長。石坂浩二が上杉謙信やった時の武田信玄）。高橋幸治の土方もよく、米倉斉加年の近藤勇もよく、八幡堀で長州藩に斬られる真野響子のおちさも可憐（かれん）で、演技、カメラワーク、内面描写、哀切、ユーモア等々、秀作である。

もし、うららかな春の日に旅したならば、旅人よ、これまで見た時代劇では、何が印象に残っているだろうかなどと、堀ばたで思いにふけってくれたまえ。そして、堀の近くの店で、「丁稚羊羹（でっちようかん）」や「赤いこんにゃく」をお土産に買って、近江八幡駅にもどり、レンタサイクルを借りた人は返却して、次はまた在来線で石山まで。

◆▼石山で下車して、名刹・石山寺に行くという手もある。さきほど出た北陸の入り口、塩津峠では輿かつぎの業者さんにエラそうなことを言っていた生意気なＪＫも、やがて思慮深い大人の女性に成長して『源氏物語』を書くわけであるが、この世界に名だたる大長編小説の構想を練ったといわれるのが、この石山寺である。

生意気ＪＫのおもかげは消え、おしとやかになった紫式部のお人形が、窓辺に飾ってあって、古典ファンの旅人には向いたコースであるのだが、本書では、石山で下車したら、駅前のマクドナルドに行くことにする。

駅前のマクドナルドの前に立ち、あさま山荘事件についてしみじみ考える。

事件をおこした連合赤軍メンバーの一人は元京都大学生で、彼のお父さんは、世間に申しわけないと首を吊ってしまわれた。その時のまま、無人状態の、彼の家が、石山の駅前、マクドナルドの隣に残っていた。今も国際指名手配されている彼の、廃墟然とした実家の前に立っていると、めまいの中で、様々な思いがわき、アッというまに時間がたつにちがい……なかったのだが……、2016年、本書を書き進めていたころ、石山を通過すると、ついに見えなくなっていた……。

では、マクドナルドナルドで薄いコーヒーを飲みながら、電子書籍で、あさま山荘関連の本をダウンロードして、濃い事件について読みこむのも一手だ。

◆▼石山から、次はまた在来線に乗って、大津まで行く。大津で下車して駅前で大津絵をながめ、三井寺(みいでら)（園城寺(おんじょうじ)）に行って寺の中を巡り、夕日の中でゴーンと晩鐘*を聞けば、

「ハッもしや　この名刹も　またしても　京都にあると　思われてるか　晩鐘かなし」

＊夕刻の鐘とセットで「三井の晩鐘」として「近江八景」の一つになっている

と仏足石歌体で詠みたくなろう。

三井寺で晩鐘を聞くような時刻になると、いい具合におなかがすいてくる。予約していた宿にチェックインし、シャワーなど浴びて、近江牛や鮎や日野菜(ひのな)や日本晴(お米)のディナーに舌鼓を打つ――。以上、ヒメノ式モデルプランであった。

彼が鮒鮨を毛嫌いするようになるまで

まちがった経緯

滋賀県で有名な食べ物といえば近江牛と鮒鮨（ふなずし）……と思っているのは滋賀県出身者だけかもしれない。日ごろ接触する人々（首都圏在住）に、「和牛といえば？」と訊くと、松阪牛、米沢牛、但馬牛という答えは返ってきても（答えの多さ順）、近江牛は出ない。

近江牛も思い出しておくれよとアピールすると、こんどは「多め牛（おおめぎゅう）？　それどこのお肉？」と訊かれ、滋賀県だと言うと、「へえ千葉にもおいしいお肉があるんだ」とか「へえ九州のお肉なんだ」などという、れいによってれいのごとくの聞きまちがい（混乱）が立ちはだかる。よって、

「ゲーッ、鮒鮨（ふなずし）、あんなまずいもの、大キライ」

と反応してくださる方は、もはや「地理通」で「食通」で「滋賀県通」だ。

この地理通で食通で滋賀県通の博識の紳士（あるいは淑女）が、鮒鮨を「大キライ」なものとして胸に刻むに至った経緯は、だいたい次のとおりである。

ある日、紳士（淑女）は、滋賀県に行くことになった。

「滋賀県といえば、鮒鮨で有名だ。行ったら、これを食べてみよう」

紳士（以下、淑女も紳士に含める）は思った。この時点でまちがい発生。

紳士は、滋賀県に足を踏み入れさえすれば、「鮒鮨」という看板がちらほらと出ていて、そこに近寄ると和風な店がまえの建物があり、暖簾をくぐってテーブルにつけば、メニューや壁に「鮒鮨・松１３００円」「鮒鮨・竹１０００円」「鮒鮨・梅９５０円」と書かれてあり、「じゃ、これ」と、どれかを指させばいい……というようなイメージを抱いている。長野県における蕎麦屋とか、静岡県におけるうなぎ屋とか、京都における甘味処などのように、滋賀県に行けば鮒鮨屋があるのだと。

まちがっている。

まず、鮒鮨というのは、「松１３００円」のような安い値段で食べられるものではない。21世紀現在、ものすごく高額の食品なのだ。

次に、サラダパン同様、鮒鮨は、滋賀県に行ったからといって、すぐに食べられるものではない。

なぜ、紳士はまちがったイメージを抱くか？

首都圏で駅弁フェアみたいなものが開かれるとよく出品される、『ますのすし』や『穴子押寿し』『柿の葉寿司』のようなヴィジュアルを頭に描くからである。鮒鮨という名称の、「すし」の部分に、引っ張られるのである。

21世紀の今、「すし」＝酢飯に魚介類を合わせた料理、となって人々のあいだに広まってしまっている。なもので、「鮒鮨（ふなずし）」というと、鮒（ふな）が、酢飯にのっているなり、酢飯に散らばるなり、海苔（のり）巻きにされるなりしているようなものを、おぼろげに頭に浮かべる。

まちがった図が浮かんでいるから、昼食を、せいろ蕎麦やカレーライスや牛丼といった、一品ですませられるメニューのつもりで、「滋賀県に行ったら鮒鮨を食べよう」と思うのであり、滋賀県に行けば、あちこちに「鮒鮨（ふなずし）」という看板があると思うのである。

さらにまちがいはつづく

ところが滋賀県に行っても、そんな看板はなかなか見当たらない。とはいえ、やはり滋賀県といえば鮒鮨で有名なので、サラダパンほど特定のパン業者限定の食品ではなく、

「あったー、見つけたー」

と、見つけることはある。と、「ようやく見つけた」という気持ちが、紳士の体内に溜まっている。なものだから、店の席につくなり、

「鮒鮨」

と、勢い込んで注文したりする。

と同時に、値段に気づく。10000とか8000などといった数字に、紳士はびっくりし、見まちがいかと0の数を指で数えなおし（2回は数えなおす）、絶句するが、もうすでに注文をしてしまった。

「うへっ、こんな高いんかいな。こら、あかんわ、おばちゃん。こんなん、わし、かなわんわ。破産するわ、かんにんな、取り消しや。他のんにするわ。わし、東京から来たんや。六本木や代官山の店には置いたらへんもん、なんかないか？　おっ、これ、なんや、木の葉丼？　これ、初めて聞いたわ、640円、こりゃ安い。こっちや、こっちの木の葉丼に

変更や。がっはっはっはー」

と、厨房に向かう店員さんの背中に向かって、大声で、店の人側に不快感を与えず（＝ンモぉ、しょうがないわねェと思わせて）注文訂正できるような（関東の人がイメージしている大阪人的な）チアフルな紳士なら、このあと問題はない。

しかし初めて来た滋賀県で、予想外に見つけられなかった鮒鮨を、ようやく見つけて入店し、コレをと高らかに注文した紳士は、紳士の羞じらいに邪魔されて、変更できない。

「しかたがない。これも旅の記念だ。めったに滋賀県に来ることなどないのだから。もしかしたら、これが最初で最後かもしれないし」

などと、心中で自分を説得する。

そして目を閉じ、頭に描く。バーンとメインの鮒鮨が、漆塗りの大ぶりの「和の洗練を感じさせる器」に盛られ、なにか「目をたのしませるような旬のナントカ」の入った、「小粋な色合い」の小鉢が二つほど、お盆にセットされたものを。

これがまたまちがいだ。

「バーンと」というサイズイメージがまちがいだ。

食材に用いるのはニゴロブナという鮒である。小学校理科ではとうに鮒の解剖はしないことになっているらしいが、大阪万博（初代）のころは小学生が授業中に解剖したくらいのサイズの魚だから体長15㎝ほどだ。スライスされて、ドミノ倒し状に盛られるため、もうちょっとサイズアップして見えるものの、基本的に大きな魚ではない。イメージをまちがえたまま、紳士は期待する。

「これだけの値段をとるのだから、どれだけ個性的で美味な鮨なのだろう、たのしみだ」

注文取り消しできなかったことを慰めたいところもあり、期待する。だが、残念なことに紳士は、鮨は鮨でも、早鮨（はやずし）しかイメージしていない。

鮨には、A早鮨（はやずし）とB熟鮨（なれずし）との二種ある。

A早鮨（はやずし）にはａ一夜鮨とｂ即席鮨がある。ａ一夜鮨は、押鮨やシメサバ鮨など一夜くらいおいて作る鮨で、ｂ即席鮨は、いわゆる江戸前握り鮨や、巻き鮨や、五目鮨で、作ってすぐ食べる鮨である。

「すし」といえばA早鮨（はやずし）のほうが一般的に好まれるようになってゆき、21世紀ともなると、「すし」とはA早鮨で、かつｂ即席鮨しかイメージしない人のほうが圧倒的に多い。

だが本来、「すし」というのは、B熟鮨（なれずし）であった。魚を長期貯蔵できない奈良時代や平安時代、魚を発酵させて貯蔵する調理方法が大陸から伝わったのである。

紳士は、注文の品が運ばれてくるあいだ、B熟鮨（なれずし）をイメージするべきだった。それをしなかった。そのため、

「お待たせしました」

とテーブルに置かれたものを見て、

「は？」

予想外なヴィジュアルに、きょとんとする。テーブルに置かれたものは、バーンとしていない。ぽつんとしている。

そう。鮒鮨は、B熟鮨（なれずし）なのである。発酵しているのである。

「そんなこと知ってる」と、このページのここを読んでいるあなたは思われるかもしれない。しかし、知らない人も、世の中には多いのである。むしろ、知っているあなたのほうが（滋賀県の位置がわかる人のように）珍しいのである。

「わっ、臭い！」

紳士の鼻はショックを受ける。このショックは知らなかったゆえである。知っていれば、そこまで臭いとは感じないだろう。スウェーデンの発酵にしん（シュールストレミング）や韓国の発酵エイ（ホンオフェ）のほうが、はるかに臭い。Au*で示すと、シュールストレミングが8070Au、ホンオフェが6230Au、くさや1267Au。比して、鮒鮨は3桁の436Auで、452Auの納豆より低い。


スウェーデンの田舎町の夏祭で、村人たち数十人が見守る中で、シュールストレミングを食べた私は、大喝采されたことがある。ちょうど大江健三郎先生がノーベル文学賞を受賞された年で、村人たちは「オーエの国のヤポンスカがわれらがシュールストレミングを食べた」と大喜びしてくれ、代金をタダにしてくれた。（参・角川文庫『初体験物語』）

だがシュールストレミングやホンオフェを、多くの日本人は、異国への旅の時に、おそるおそる食べる。「臭いので有名な料理」という知識を持って臨む。だから臭かったところで「へえ、なるほど」「さすがに、これが」と納得したり、あるいは「うわーっ、ほんとに臭い、これはダメだ」と拒否したとしても、いきなりのショックとはちがう。

ところが、この紳士のように、現代日本人になじんだA早鮨（はやずし）だけを想像し、

＊Au＝アラバスターという器械で測定した臭さの単位

竹の皮や柿の葉に包まれた鱒鮨(ますずし)や小鯛鮨のようなヴィジュアルしか頭に描いていなかった場合、まず「見た目」が「想像していたものとちがう」ことで強いショックをいきなり受けているし、鮒鮨の発酵臭もいきなりなので、実際以上に臭さを感じるのである。

テーブルにぽつんと置かれた鮒鮨の、自分の予想と異なる様相に、

「ううむ……」

紳士は唸(うな)る。

彼はふつうの紳士である。アラブの富豪ではない。注目のIT社長でもない。金がありすぎて困っているような突飛な紳士ではない。彼は、紳士的に労働し、紳士的に納税し、紳士的に社会生活を送っている、ふつうの紳士なのである。

唸った理由は、鮒鮨の金額にある。高いのだ！　鮒鮨は高い！のだ。それを注文してしまったのだ。

「よし」

紳士は食べることにする。高いのに残すのはもったいない。こう思うのが、オーディナリーな紳士的センスではないか。紳士は鮒鮨を口に入れる。咀嚼(そしゃく)する。おいしくない。

長期貯蔵手段のなかった8世紀の人々には、単独で食べてもおいしかったかもしれない。が、21世紀の現代人にとっては、鮒鮨なんてものは、単独で食べても塩分が強すぎて「そうおいしいものではないな」という感想を抱く人が多めだろう。

しかも紳士は酒を飲んでいない。しかも紳士は鮒鮨をお茶漬けにもしない。しかも紳士は鮒鮨のおすましにもしない。水を飲み飲み、鮒鮨を、ほとんど液体で流し込むようにして食べ終わった。この鮒鮨体験を、短くまとめると、

《期待して、やっと見つけて注文したら、しょぼい量が出てきて、臭くてまずく、なのにバカ高かった》

となる。紳士の心中では、フィギュアスケート演技さながら、期待で大きくジャンプし、予想外、ショック、落胆、怒り、の4回転捻(ひね)りがおきたのである。

やがて紳士は自宅に帰る。翌日から、またいつもの日常だ。居慣れた家で、住み慣れた町で、食べ慣れた社食で、紳士は紳士的に生活をつづける。

そして、ある日。

なにかのきっかけで、鮒鮨が話題に出る。その時、紳士は言うのだ。

「ゲーッ、鮒鮨、あんなまずいもの、大キライ」

と。こう言うに至る、まちがった経緯があったのである。

仮定法過去完了

くりかえすが首都圏で暮らす私の周囲には、佐賀と岐阜と滋賀の区別がつかず、シガと言えばチバと聞きまちがえ、津と大津、温泉郷草津[*]町と人口増著しい草津市を混同し、琵琶湖が何県にあるのかも知らない人が、とても多い。なのにこの紳士は、「滋賀県といえば鮒鮨で有名だ。行ったらこれを食べてみよう」と思ってくだすった方なのである。

まちがった経緯のために、この奇特な紳士に、こんな発言をさせてしまったのなら、滋賀県出身者としては、ざんねんしごく、無念ではないか。

思い出した。滋賀県立の高校で、そういや習ったではないか。仮定法過去完了というやつを。If＋過去完了＋wouldで「もし～だったら、～だったのに！」というあれ。あの仮定法過去完了を用いるとこうなる。

If he had asked me, I would told him right answer.

＊温泉郷草津は群馬県

ああ、この紳士が、もし出かける前に、「こんど滋賀県に行く用事ができたんです。滋賀県といえば、鮒鮨が有名ですよね。ぼくは食べたことがなくて。行ったら鮒鮨を食べようと思って。どの店がよいですか？」と私に訊いてくれてたら、的確な答えをしてあげられたのに！

奇特な紳士に、今からでも答え直してあげようではないか。どの店がよいかって？

「さあ、わかりまへんわ」

だ。既述のとおり、鮒鮨については、「蕎麦屋」や「カレー屋」のように「鮒鮨屋」というものがあるわけではないのである。自分の店で出す料理のうちの一つとして作っている飲食店経営者も、いるにはいるが少ない。大抵は、鮒を熟鮨にしている業者が、いくつかの飲食店に卸す。あるいは、家庭で個人的に作って食べる。

おいしい鮒鮨を仕入れてメニューとして出している店がどこか、滋賀県にずっと暮らしていれば、たしかな情報も入るだろうが、私はずっと暮らしていないので、すまないが答えられない。ただ鮒鮨というのは、こういうものだと思って探してくださいということを言いたいのである。そして、

「鮒鮨が熟鮨である以上、発酵の塩梅（あんばい）が、うまくいく時と、いかない時がある」という
ことを、なにより言いたい。

コニシさんとニシボリさんという父親の知り合いが、かつてわが家によくいらした。両名の本業は農家だったが、毎年、琵琶湖で鮒を釣っては鮒鮨を作っていて、できると持って来てくだすった。

「コニシさんとこの鮒鮨は毎年だいたいうまいが、ニシボリさんとこのは、あんまりようない（あまりおいしくない）」

というようなことを父親が訪客に言うのを時々耳にした。作り手のかげんで味が変わるのは、どの料理についても言えることだが、高評価のコニシさんの作る鮒鮨とて、

「今年の鮒鮨は、ものすごご塩梅（あんば）よう（とてもじょうずに）できましたわ」

と言って持って来てくださる年もあれば、

「今年はあかへんかったんやわあ。そやけど毎年のことやさかいな、ちょっとだけ持って来（こ）さしてもろたんですわ（訳＝今年はおいしくできなかったが、持ってくるのは毎年の習慣なので、量的に少なくして持って来ましたから、どうぞ）」

と言って持って来てくださる年もあった。

ワインと同じで、その年の気温や湿度によって出来不出来がある。上出来の時は、発酵臭はもちろんするものの、いやな臭みではなく、いやな塩みや酸味もなく、できあがる。不出来の時はこの反対。なので、この店はおいしい、と断定できないし、鮒鮨作りの名人も、天気をコントロールできない。よって、わからない。鮒鮨とは、こういう心がまえでとらえてください。

チーズなんです

「そうなんですか。鮒鮨って、鮒鮨っていう定番メニューがあるんじゃなくて、ビミョーな存在なんですね」

仮定法過去完了を嗜(たしな)んだ紳士（どんな紳士？）は、イメージを新たにしようとする。

「そうどすんやわ。滋賀県に行ったさかいて、フナズシください、ハイお待ち、というもんやないんどすわ」

案内人（＝筆者）は紳士の頭に光沢のあるスカーフをかぶせる。手品（水の入ったグラスにサッとかぶせて、サッととると、グラスの水がなくなっているみたいな）の時に使う小道具だ。滋賀県マジシャン協会（注・空想）から案内人が借りてきた物。

紳士の頭には、鮒鮨の「すし」に引っ張られて、富山県の「鱒鮨」ふうのヴィジュアルが浮かんでいる。これを消すのだ。スカーフをかぶせてサッと消す。

「はい、なくなりました。なくなったところで、新たに思い浮かべてください」

「ええ、何を？」

「チーズです」

「チーズ？　何チーズ？」

「ナチュラルチーズならどれでも。漠然とでかまいません」

そうだ。鮒鮨は、「鮒すし」というよりは「鮒チーズ」と、イメージすべきなのである。「鮒チーズ」とイメージしたら、はじめに紳士がしたような注文のしかたがまちがっていたのがわかってもらえるはずだ。

昼どきにどこかの店に入って、カマンベールだけを注文しないだろう？　ワインも飲まずにスティルトンを食べないだろう？

アミューズがあって、スープがきて、前菜がきて、サラダがきて、魚か肉か、もしくは両方ともがきて、チーズはそれからだろう？

酒の友として、下戸ならコーヒーの友として、ちょこっと食べる。それがチーズじゃないか？　むろん、チーズサンドイッチやチーズドリア、チーズグラタンのような、一品で食事になるようなチーズ料理もある。だが鮒鮨は、こういう料理に使われるチーズではない。ラクレット、ヌーシャテル、スティルトン、リヴァロのような、個性的な香りのチーズ、こうしたタイプのチーズをイメージしてほしい。

だから「ラクレットをかけた野菜はニガテ」とか「ブルーチーズはダメ～」とか「ナチュラルチーズって高いけど、そんなにおいしい？　ベルキューブのほうがおいしいわ」とか、チーズじゃなくても「トムヤムクンはニガテ」とか「クレソンやセロリはニガテ」などという嗜好の人は、名物だからというだけで鮒鮨を食べてみようなどと思わないことだ。

「だいじょうぶです。ぼくはチーズ好きです。酒飲みなんで」

と、さすがは仮定法過去完了の紳士は言う。

上戸（酒飲み）なら、鮒鮨は、食中酒の肴にするのではなく、食後酒の肴にしていただだきたい。たとえばミディアムボディのワインとチキンのトマト煮を食べた後にフルボディのどしんとしたワインを飲む時の肴として、スティルトンなどを、小さなお皿に少量のレーズンや少量のクラッカーを添えるなどして、ちょっとつまむではないか。

保存食として存在していた時代ならいざ知らず、現代においては、鮒鮨は、こういうふうに食べて初めて良さを発揮するものだ（と思う）。

「初回の体験は忘れて、もし、また鮒鮨を召し上がる機会があったら、その時には、このやりかたでためしてみてください」

「ええ、わかりました。でもねえ、次はそうしてみたいですが、いかんせん高い。二回目はあるかなあ」

「値段のことを突かれるとつらいです」

たしかに鮒鮨は高額である。ナチュラルチーズが高額であるように。

キャッチアンドリリースのブラックバス釣りをファッションにした仕掛け人がいて、瞬く間に琵琶湖にもこいつが増え、ニゴロブナを喰ってしまった。琵琶湖の環境汚染がひどかった時期もあった。気象気温が昔とは変わった。などなど、さまざまな要因で、鮒鮨に使われるニゴロブナが激減。それで高額になってしまった。

「案内人さんに説明してもらって、鮒鮨に対する好感度がややアップしましたが、そうした知識があったとしても、支払った後に満足だったかなあ。『鮒鮨イコール酒飲みのためのバカ高い珍味』になってしまっているのが実情じゃないんですか？」

「たしかに」

鮒鮨が滋賀県の名物なのは多少有名でも、鮒鮨が高いことはぜんぜん有名ではない。そのため、まちがった順序で、まちがった食べ方をされ、あげく、「まずいのに高い鮒鮨を出す滋賀県」という印象を残すことになるのは、残念無念。なにかいい方法はないか？

高い値段は、こうして解決

思いついた方法。高い鮒鮨は、分割して食べればよいのでは？

一尾を一人で食べるから高くなる。言ったように、鮒鮨というのは「ちょっと食べる」のがよいのだから、量的にも一尾食べる必要はない。なら、四、五人いる時に食べよう。
四、五人で食べるものといえば？　しかも滋賀県なら？

「近江牛のすき焼き。これか鮒鮨かで、ぼくも迷ったのです」

紳士の過去完了な迷いはオーディナリーであろう。

案内人はサシの多い肉を好まぬので、鍋の中身はオーストラリアビーフでよいのだが、まあ、ここは旅人のために近江牛ということで。

すき焼きを四、五人で食べる（ような機会がある旅だと仮定する）。

滋賀県のすき焼きは、ワリシタ（汁）なしで、鍋に牛脂を入れ、てろてろてろ〜っと溶けてきたところに、ジュウ〜ッと音をたてて肉やハクサイを入れて焼いて、砂糖と日本酒と醤油で甘めに味をつける、いわゆる関西式である。

滋賀県ではすき焼きのことを「じゅんじゅん」と言うのだと、県を紹介する雑誌に書いてあったが、少なくとも私は言わなかった。両親、祖父母、おじおば、いとこたち。それに何度かの引越しをして住んだ近隣の人たち。それに、何人もの人に預かってもらっていた幼少期。通った保育園、幼稚園の先生。小中高の先生。などなど、すき焼きのことを「じゅんじゅん」と言う人に、私は一人たりとも会ったことがなかった。なもので「じゅんじゅん」ということばさえ、おととしまで知らなかった。

だがすき焼きをして、鍋の中の肉や野菜や焼き豆腐やこんにゃくが、食べごろになっていくさまと、「じゅんじゅん」という名称はフィットしていて、なかなかよい。

「じゅんじゅん」と音をたてるすき焼きに合う酒といえば、ビールだろうか。あるいは淡麗辛口の冷酒。残念ながら滋賀県にはこのタイプの日本酒があまりないので、仮定法の紳士がもし淡麗辛口の日本酒が名産の土地の出身者なら、ここはどうだろう、「持ち込み」にして、紳士の出身地と滋賀の、仮定法友好大使をつとめてもらうというのは？

仮定法友好大使と、仮定法の同僚と滋賀の取引先の人の計五人が、こうしておいしくすき焼きを食べ終わった（とする）。

ここだ。

ここで鮒鮨を食べるのだ。

鮒鮨はすき焼きのような、こってり甘辛のものを食べた後にこそ合う珍味なのである。レアステーキを食べた後のゴルゴンゾーラがぴったりなように。しかも四、五人いるからスライスすれば、一人あたり一、二切れ。これまたぴったり。割り勘にすれば値段も「ちょっと高いが、珍味を体験するのに法外ではない額」だ。

合わせる酒は、これは個人的な好みによる。個人的にはスパークリング日本酒はどうか。スパークリング日本酒は、以前は、酒に弱い人向きに、アルコール度数を低くした甘ったるいものが大半だった。が、近年は、さっぱり嗜好の人向きに、辛口あっさり味でアルコール度数も低い、というものも登場し出した。これが意外と、鮒鮨には合う。

すき焼きがこってり残る口の中に、一切れの鮒鮨の酸味はキリッと光り、辛口あっさり系スパークリング日本酒がシュワッと入ってくると、「オツだね」という味わいになる。するとと、残りの鮒鮨は、もうあと一切れか一切れ半になる。

これはおすましにする。スライスした鮒鮨を椀に入れ、発酵飯もすこし入れ、うすくち醤油をほんの数滴たらす（ぜったいにうすくち醤油で）。そこに熱湯を注いだ鮒鮨のおすましは、すき焼き・アルコール摂取の後の胃腸をスッとさせてくれる。

これで、ごちそうさま。鮒鮨は、こんなふうな組合せと順番で、食後にちょっと食べておいしいものです。

どんでん返しで、あっちを薦める

鮒鮨にトライする場合はこのように召し上がっていただきたいと、全国の、鮒鮨未体験の紳士淑女に語りかけてきた。それは〝鮒鮨への誤解〟を解かんがためである。誤解が解けたからには安心して自分の好みを告白する。

「私は鮎鮨（鮎のなれずし）のほうが好きだ」

すみません。私はとくに鮒鮨は好きではありません。もちろん、にしん蕎麦のように、たまに食べたくなるよ。でも同じB熟鮨（なれずし）なら、鮒鮨より鮎鮨（鮎のなれずし）のほうが好きだ。鮎鮨（鮎のなれずし）は、観光客のみなさんにもお教えしたい。

B熟鮨（なれずし）は発酵食品であり、乳酸菌が豊富でお肌をツヤツヤにする効果、胃腸の疲労回復の効果がある。が、鮒鮨は高い。鮎なら鮒より安い。そして味も、鮎のほうが鮒より（個人的嗜好では）おいしい。

ところがまたも障害が立ちはだかる。鮎鮨（鮎のなれずし）も、出してくれる店になかなかめぐりあえない。しかたなく通販で真空パックを買うと、これがいただけない。鮒鮨は、ワイン同様にアタリ年とそうでない年があり、作り手により味もちがってくる旨、先に書いた。鮎鮨もしかり。たとえ名人が作ったアタリ年の鮎鮨だったとしても、真空パックにするとたんに味が落ちてしまう。

そこで提案だが、『ここ滋賀』（日本橋の一等地に2017年にオープンした滋賀県アンテナショップ）のレストランで、鮎鮨（鮎のなれずし）を作れる人を雇い、名物メニューにしたらよい。そして、淡麗辛口の銘酒も開発して提供したらよい。投書しようかと思ったが、日々の雑事に追われてできずじまいでいる。鮎鮨ファンの方々は、右記三行を書き写して、代わりに投書するか、飲食店レビューサイトに投稿してください。

もうれつ個人的四天王

滋賀県で有名な食べ物といえば、「サラダパン、かろうじて次点で鮒鮨と近江牛」というのが2019年現在の全国的な答えであろう。サラダパンが第1位なのはTVでとりあげられたからという単純な理由。

前節で、どんでん返しのような個人的嗜好を明かしたので、ついでにさらに四品追加したい。滋賀県ならではの（個人的）おいしいもの四天王だ。

中学生のお茶うけにモロコを

モロコは諸子と書く。淡水魚である。

【①コイ科タモロコ属、および体型の似た淡水産の硬骨魚の総称。特にホンモロコのこと。美味で、照焼・鮨などにする。季語は春。②大型のハタの一種クエの、釣人用語。（広辞苑）】

【モロコとは〈諸々の子〉の意。コイ科の魚で体の細長い小魚にこの名のつくことが多い。

単にモロコという和名の魚はいない。琵琶湖周辺ではホンモロコをいい、東京（特に釣人の間）ではタモロコをいう。ホンモロコは全長9㎝程度。琵琶湖・淀川水系の特産で、現在は諏訪湖、山中湖、関東地方の川に移植され繁殖している。冬きわめて美味で、琵琶湖の名物。タモロコは全長7㎝程度。静岡・新潟県以西の本州と、四国の一部、九州北部に分布。関東地方にも移植されて繁殖している。美味。なお、伊豆半島などでハタ科のクエの成魚をいうこともある。（百科事典マイペディア・傍点筆者）】

右記のとおり、いちいち「ホンモロコ」とは言わず、以下、モロコと言う。モロコを素焼きにして、木の芽山椒と味噌を二杯酢で和えたものをちょっとのせた料理がある。

「おいしー」

と中学生のころ、お茶うけにして、声をあげた。幼稚園や小学生のころは食べたことがなかった。

父親の知人で釣りを趣味とするコカジさんが、釣ったものを串に刺して素焼きにして、二杯酢和えの山椒味噌をちょいのせして、コカジさんの家ですでに完成状態にしたものを、何串か皿に盛り、わが家を訪（と）うさいに持ってくるのが常であった。コカジさんと父親が、それを肴に酒を飲む。他の者（といっても母親と私だけだが）にはまわってこなかった。

昭和四十年代の田舎町では、ふつうの女の人は酒は飲まない。飲める体質であっても、飲まないことになっていた。

ふつうではない女の人＝酒を飲むことを主とする店や宴会等の席で、客や参加者に酌をして社交的にふるまう接待業の女性や、これを職業としておらずともこういう行動をする女性。この反対が、ふつうの女の人。当時の社会では老若男女の差なくこの感覚があった。現在でもトカイ、イナカの差なくこの感覚は残っていて、散在している。

禁止したり、飲むのをがまんしていたわけではなく、「そういうものだ」と、男性はむろん、当の女性も思っており、飲もうともせず、飲んでやろうという発想もなかった（多くの場合）。

中一のある日。コカジさんが、いつものように「酒の肴持参」でわが家を訪れた。父親が二泊ほど不在のおりだった。

当時の田舎町では（大都市でもか？）、アポをとるという習慣がなかった。夕食時には、その家の世帯主はたいがい在宅であった。食事時の突然の来訪。これがマナー違反だという感覚もなかった。

突然であっても、来客の場合、世帯主の妻は、自分の食事をただちにストップして、ただちに来客数分の酒の肴を用意せねばならない。世帯主の長女も、十歳以上であれば自分の食事をただちにストップして、来客接待をする妻（長女の母）の手伝いをせねばならない。当時の田舎町における、多くの婦女に課せられた当然のミッションであった。酒を飲む世帯主は、酒の相手の登場に大喜びしたが、家の婦女は、ミッションを速やかに遂行せねばならないストレスで少しも喜ばしくなかった。

そんな時代だったから、母親も私も、コカジさんに対してはありがたく感じていた。コカジさんは「酒の肴持参」なのである。しかも、モロコの素焼きの山椒味噌和え。川魚をただ甘ったるく甘露煮にした野暮ったい肴には見向きもしなかった父親の相好を崩させるイキな一品だ。

そのコカジさんは、あいにく酒の相手が泊まりがけで不在と知ると、母親が棚から出してきた平たい皿に串刺しのモロコをぜんぶ移し、「ほな、また、よせてもらいまっさ、ブッブー」と軽トラで立ち去った（注・ブッブーは軽トラの音）。

母親と私は、ごはんのおかずにして一串ずつ食べた。ごはんにはあまり合わなかった。

二串残した。翌日、母親は朝から仕事に出かけた。私は中一の冬休みか春休みか創立記念日かだった。いたむといけないと思い、残りを一人で、おやつに食べた。お茶うけとして。

「おいしー」とは、その時の感想である。

茶のほろ苦さとモロコの苦みがフィットしたのだと思う。コカジさんも父親も、日本酒を燗(かん)してモロコを肴にしていたが、ビールに合わせたほうがおいしい。米焼酎のお湯割りも合う。これは酒が飲める年齢になって、かつ、モロコの素焼きの山椒味噌のせを食べる機会に恵まれた時の感想である。

東京で（首都圏で）モロコをこの調理方法で食べる機会がないし（そもそもモロコを見かけないし）、見舞いで滋賀にもどる時は酒を飲まないし、法事でも酒類は形式的に出ているだけだし、そんな場ではこんなスイな、高い肴は出ない。

戦争の事情により、父親と私の年齢差は、祖父と孫に近かった。母親も高齢出産だった。両親が他界したあと、「見舞いではない帰郷」のさい、気の置けない友人と酒を飲んだ。その時にやっと、このスイに料理したモロコを、酒とともに食す機会に恵まれた。

『謎の毒親』という拙著のとおり、亡父ならぬ恐父だった父親と、彼を陰で呪うことを生きるためのスタミナドリンクとしていた母親とは、実父母ながら会話をしたことが皆無に近かった。だが、もう少し年齢差が少なければ、せめてこのこと（モロコには日本酒よりビールのほうが合うこと）を父親に教えてやれ、酒の肴の速やかなる提供も母親に代わってやれたのにと、これはまあ、自分が老境に達したゆえに、思う。「孝行したいとき親は無し」とは、存外、かかる区々たるシーンで故事になっていったのかもしれない。

ツンと芥子のきいたちょうじふの思い出

法事で思い出したのが、ちょうじふ。「丁子麩」と書く。

グルテンを避ける向きも最近はあるようだが、麩は【小麦粉から取り出したグルテン（麩素）を主材料とする食品。（広辞苑）】である。

戦時下ではグルテンに火を通すと「肉みたいな味になる」とみんなが気づき、代用食にされていた。現在では「肉が食べたいけどカロリーが高いから」と避ける人にダイエット食品として使われていたりする。

麩は【今から約1200年ほど前に、中国から湯葉、豆腐とともに僧によって今の麩の原型が日本に伝わった】と近江八幡市博労町元23の『麸惣』（麸製造会社）のウェブサイトに書いてある。現在は繁華街の焼肉屋で僧侶の団体が袈裟のまま会食しているのに遭遇して違和感をおぼえたことがあったほど、戒律もユル化したのかもしれないが、むかしのお寺では麸は貴重なタンパク源であったろう。

滋賀県に住んでいたころ、ちょうじふは食卓で目立たなかった。ごはんや味噌汁のようにほぼ毎日食べるというわけではないが、よく食卓に出ていた。

丁子麸という漢字でわかるとおり、麸の料理である。とはいえ丁子（クローブ）は入っていない。麸が伝来したころの時代は入れたのかもしれないし、現代でも入れる作り手もいるのかもしれないが、一般的には芥子酢味噌で味付けがされている。麸は精進料理によく用いられ、丁子は薬膳料理によく用いられるから、両者があいまいにオーバーラップした料理名なのだろうか。

どうということのないおかずだ。食卓に出たからといって、子供の瞳を輝かせる一品ではない。どちらかといえば子供には「なんだ、チェッ」な一品だ。

葬式（法事全般）の時によく出た。現代では地方でも、通夜や告別式は公共の葬儀場でおこなうのが主流になっているが、ちょっと前までは、大都市でも葬式は自宅でおこなわれた。ましてや地方ではそうだった。

昭和のころ、人が死ぬと仏事は何度もあった。夜伽（通夜）も告別式も中陰（中有）も人が大勢集まる。大人は何をしに集まったかわかっているが、子供（幼稚園児や小学校低学年の子供など）は、あまりわかっていない。

葬式だということはわかっていても、死んだ人間との交流が希薄でしかなかった（挨拶をしたことがある程度）から、漠然とその家に集まっている。坊さんの読経は子供には陰気に響くし、大人がすすり泣くのも不安になる。子供らは大人が並んですわる後ろのほうで、子供らだけでかたまってすわり、読経が長引き、小さい子がもぞもぞしだすと、大きい子が別の部屋へ連れていく。中陰のときは御詠歌が子供は読めず、大きい子も小さい子も別の部屋でただ待っている。ひごろは会わない、自分と近い年齢の子ら。互いに不慣れに、よそよそしくかたまってすわって待っている。自宅での仏事だから、そういう部屋は畳である。そこには大きな机がある。いや、子供には大きな机と見えるが、実は、一般的なサイズの机を二つか三つ並べてあるのである。

机には、大きな平たい皿、大きな鮨桶状の皿、大きな鉢、がとびとびに置かれている。平たい皿には、塩のおにぎり。鮨桶状の皿には、おたいめん。そして、大きな鉢に入っているのが、ちょうじふだ。

おたいめん＝お鯛麵。鯛のだしでそうめんを、汁がなくなるまで煮たもの。弔事ではおたいめんではなく蒲鉾などになった。

葬式の雰囲気と結びついたちょうじふであるから、子供にはよけいに「ちっ」とか「シケたもの」という感覚にさせる食べ物だった。

上京してから、首都圏ではちょうじふを食べたことがない。おたいめんも。学食はもとより、どこの居酒屋のメニューにもなかった。お惣菜売り場にも。

滋賀県物産展がたまに都内の有名デパートで開かれる。行ってみると、しかくい形状が特徴の近江の麩は売っていても、「ちょうじふ状態」にはなっていない。

そこで物産展で近江の麩を買ってきて作ってみた。麩をもどすのは、簡単なようでいて難しい。水につけておくかげんをしくじったか、しぼり方が悪かったのか、葬式でよく出た、歯ごたえがあるのにふわっとした麩にならず、胡瓜（きゅうり）の千切りや酢味噌の塩梅もいまひとつだった。

ツンと芥子のきいたちょうじふ。葬式に集まったうちの小さい子が「これ、いやや」と言い出し、「ほんまやな」と大きい子も同意することで、よそよそしかった空気にたちどころに「共感」が生まれるきっかけとなったちょうじふ。やわらかいのに嚙みごたえはちゃんとあり、胡瓜の千切りがシャキッと歯にあたり、嚙めば、芥子に、胡瓜の香りがからまるちょうじふ。社会の理不尽をまだ知らぬ小僧や小娘を「青二才」だとか「青臭い」だとか形容するけれども、ウリ科特有の、あの青い匂いは、今となっては、わが身が青臭かったころの匂いだ。人が死ぬということがリアルに把握できなかったころ、あらゆる他者がいて、そこに自分もいるのだということが見えなかったころ、すなわち他者在って自身も在ることを、想像することができなかった青い匂いである。

「チェッ」と子供のころは思っていたのもしかり。ちょうじふは、大人な味だった。今になって、むしょうに食べたくなる。

滋賀県にご旅行なさる方、機会があれば、ぜひ、微糖で芥子をきかせ気味のちょうじふを。合う飲み物は？　そうだなあ。それはもちろん法事茶で。

きめが緻密な赤いこんにゃく

老境に達した。こう言うと同世代の人はいやがる。だが、吉永小百合様が出演なさっているJRの『大人の休日倶楽部』みたいに「大人になったら、したいこと。」というようなコピーとか、肥満ぎみの体型に合わせた服のページの「ミセス体型のためのファッション」というようなキャプションとか、こういう言い回しは、どうも、なんというか……。

これならまだ戦前の人が、マーガリンのことを「人造バター」、レーヨンのことを「人造絹糸、略して人絹」と言っていた方向性のほうがスガスガしいような……。しばし思案……。よし、それではこうしよう。

《病院での診察やスマホの機種変更時など、何かの用紙に『年齢』を記入する枠に数字を記入してハッとして、そういやこの数字なんだ、でも全然実感ないし、周りもこの数字の人としていたわってもくれないよ、と、一瞬ペンを持つ手を止めてしまう世代》

落語『寿限無』のように長いが、「ヘアロス」とか「女子会」より、ずっとスガッと読み進められる（ような）。ただ、さすがに長すぎるので、「記入ハッと世代」に短縮する。

では、「記入ハッと世代」に向けて……。

3月30日といえばフランシーヌ。シバの女王といえばナッチャコパック。じんじろげといえばキンキン。朝丘さんといえば麻理さん。ターンといえばとびうお。ただいまの記録といえば2分20秒5。ど根性といえばカエルじゃなくてガキ大将。そして。

こんにゃくといえば赤い。

これ言いたさに、それこそ、じゅげむじゅげむほど長くかかってしまったが、滋賀県近江八幡では、こんにゃくは赤い。

これは酸化第二鉄を含んでいるからである。赤い色のせいで、知らない人は「トウガラシが入っている＝辛い」と見た目で感じるようだが、まったく辛くない。

そして、どういう手法によるものか、一般的なこんにゃくとちがって、いわゆる「こんにゃく臭」というのがきわめて少ない。

また、きめが緻密で、生麩にも似てもっちりしている。

そのため、すき焼きに入れても、里芋といっしょに炊いても、ほかの食材を邪魔しない。

もちろん単品でピリ辛く炒めたり、お昆布だしで炊いたりしてもおいしい。レバ刺しが禁止になった今、薄くスライスして茹でて、ごま油と岩塩でよばれると、レバ刺しの代用になる。人造絹糸がジンケンなら、これはジンレバサシ。カロリーはかぎりなくゼロに近く、鉄分多く、貧血気味の人にも向く。見た目も赤くてきれい。

酒を飲む時は、これ（ジンレバサシ）と、素焼きモロコの二杯酢和えの山椒味噌のせでビールを飲み、次に日本酒にシフトする時には、チアユのあめだきを肴にする。

独特の苦みがさわやかなチアユのあめだき

あめだき、つくだに、甘露煮、これらはどうちがうか？

どれも、醤油・味醂・砂糖でつくる。「つくだには汁が煮つまるまで材料を固く煮るが、あめだきは煮つめはしない。つくだにのほうが醤油と砂糖の量が多いので味が濃い。甘露煮は砂糖の量が多く、甘さを強調する」というような差もあるらしいが、とどのつまりは作る人によるので、実態としてはあいまいだと思う。作る人の匙かげんには、その人がなじんだ食べ物の味付けが影響するから、滋賀県でよく出る「あめだき」は、関東でよく出る「甘露煮」より、ずっとあっさりしていることが多い。

別項で話したとおり、琵琶湖の鮎は、コアユと呼ばれるようにサイズが小さい。空揚げが絶品だ。空揚げというのはコロモをつけずに、サッと小麦粉をひとふりくらいだけして揚げたもの（亡き伯母が使っていた料理名なので全県的な言い方なのかは不明）。油切りをして、岩塩をチッとつけて食べる。ビール（とくにハイネケン、サッポロ黒ラベル、ハートランド）と合わせる。鮎特有の、清純派の苦み、とでもいう風味がビールの苦みによりそって、「キャーッ」というくらいおいしい。

滋賀県に行かれたら、近年サシが多くてかなわん近江牛より、値段のバカ高い鮒鮨より、琵琶湖のコアユの空揚げを食してください。酒飲みなら。

しかし、ビールはすでに、前項で赤いこんにゃくやモロコの素焼きとともに飲んでいる。この項では日本酒にシフトしたい。日本酒の肴としての鮎なら、コアユの稚魚＝チアユ、これのあめだきを、だんぜん薦める。食べられる時期が限られている。

コアユの稚魚（チアユ）は3～4㎝ほど。山椒の実をまぜてあめだきにする。砂糖もうすくち醤油も味醂も少量であっさりと炊くので、焦げ茶色ではなく、ウィスキー水割りのような色にしあがる。あっさりと炊くので鮎特有の「苦み」が堪能できる。

「鮎は苦いさかいおいしいのや！」

琵琶湖の真ん中で叫ぶと溺（おぼ）れるので、竹生島（ちくぶ）の真ん中で叫びたい。

鮎のおいしさは、あの独特の苦みにある。苦いのに、さわやかで、淡水魚特有の臭みがない。「香魚」の別名のとおり。

陽春から初夏の滋賀。山椒の実をまぜて作ったチアユのあめだきに、さらに新緑の山椒の葉を散らす。日野菜をつけものにせずピクルス風の酢の物にする。酒の肴の王者といってもよいくらいすばらしい肴となる。このすばらしい肴で飲む酒は……、滋賀名物の鮎のあめだきを肴に飲む酒は……。飲む酒は……。

ゴメンといえばチコちゃん。「記入ハッと世代」でも覚えている人がいないのではないか。叱ってくれるＮＨＫのチコちゃんじゃないぞ。三田明が歌っていたのだ。『ごめんねチコちゃん』という歌を。というわけで、このすばらしい滋賀の肴で飲む酒は……、ごめんー！　三重県の『而今（じこん）』で。『而今』の千本錦の火入れで。


三重県の、千本錦（使っている米）の、火入れ（処理方法）の、『而今』の純米吟醸。これと勝負すると、滋賀県には勝てる酒が（少なくとも私の経験では、今のところ）ない（涙）。たぶん全国コンペでも優勝だろうから、しかたないと言えばしかたない。

第3章

忍びの滋賀——ミウラとヒメノ

1　京滋を合コンにたとえると
～京花ちゃんと滋賀菜ちゃん～

「そうだ京都、行こう」というコピーなのに画面に映っている延暦寺は滋賀県大津市坂本町４２２０だと別章に書いたが、この様子は、合コンにおける「ナカヨシの女子のコンビ」の様子と酷似している。

どう酷似しているかの前に注意。「ナカヨシの女子のコンビ」というのは「仲のよい友人関係にある二人の女性」という意味ではない。「≠」だ。

仲のよい友人というのは、性別が男にしろ女にしろ、トイレや食事や映画鑑賞や旅行や買い物といった行動を、必ずしも共にしない。ほとんど共にしない友人同士もよくいる。

いっぽう「ナカヨシの女子のコンビ」は、こうした行動を必ず共にする。

それでいて、暖色系と寒色系、清純派とセクシー派、のように「ちがうタイプの組合せ」には絶対ならない（といっても過言ではない）。

「ナカヨシの女子のコンビ」、略して「ナカヨシ女子」は、双子のようにそっくりである。各々の目の形や鼻の形や肌の色みなどは似ていないにもかかわらず、双子のように見える。髪形・洋服・靴・バッグ等々がそっくりだからだ。

だが「ナカヨシ女子」の外見をよく観察すると、髪形・洋服・靴・バッグ等々は、二人のうち片方にのみよく似合っており、もう一方にはあまり似合っていない場合がよくある。片方に、もう一方が、盲目的に倣(なら)っているのである。

「ナカヨシ女子」について説明したところで、「ナカヨシ女子」の合コン（的なる場所）における状態と、京滋の状態について話そう。再現ドラマふうに。

京花(きょうか)（26歳・女性）

滋賀菜(しがな)（26歳・女性）

二人は同じ会社に勤める「ナカヨシ女子」だ。

ある時、会社の他部署の、ちょっと顔見知り（廊下で立ち話をしたことがある程度）の男性社員二人と、計四人でお花見会をすることになった。「お弁当は女子が受け持つから、男子陣は場所とりをオネガイ」という分担になった……というか、京花がそういうふうに仕切った。

京花と滋賀菜は、両方とも自宅暮らし。

当日の朝、滋賀菜は、早起きをしてお花見弁当を作った。

当日の朝、京花は、早起きをして、メイクとヘアセットとファッションコーデをした。

滋賀菜はお弁当作りに時間がかかってしまい、いつもの通勤へアスタイルとファッションで、いったん京花との待ち合わせ場所に到着。

「滋賀菜、だいじょうぶ？　重たそうだよ、持ってあげる」

滋賀菜は自宅台所の棚の奥からお重を出してきて、ちらし寿司や玉子焼きをきれいに詰めていた。それを大きなスーパーのポリ袋に入れて提げていたのを、京花が持ってやる。

「滋賀菜は小さいこっち持ってくれたらいいから。作ってくれたんだもん、せめて運ぶくらいはあたしがするわ」

京花は、前日に近所で買っておいた白ワインボトルが一本入った紙袋を、滋賀菜に渡す。

そして自宅から持参した和柄の風呂敷で、滋賀菜から受け取ったポリ袋から三段重ねのお重を取り出して包みなおす。

「風呂敷のほうがしっかりホールドできるからね。せっかく滋賀菜が作ってくれたお弁当、詰めたのが崩れたらくやしいものね」

と。そして花見客でにぎわう公園にそろって到着。坂男（ばんお）と東男（あずお）の男性が場所とりをしていたシートの前に立つ。

「あれ、印象ちがう！」

坂男と東男は、京花に、注目する。

なぜ視線は滋賀菜ではなく京花か？　目鼻だちやスタイルの差のせいではない。坂男・東男は、京花の顔も滋賀菜の顔もすでに知っている。だが、今日の京花は、通勤時とはちがい、セミロングの髪をバレッタで止めず、おろしている。通勤時とはちがって、上はスポーティなフェイクレザーのショートジャンパー、下はヒップラインが出るストレッチのスキニージーンズだ。いつもとちがう。いつもとちがうのは新鮮だ。新鮮な印象は、往々にして「いいね」というプラス印象に変化し、二男性の記憶に体積する。

「さあ、おいしいものの到着でーす」

京花は和柄の風呂敷包みをシートに置き、結び目をほどく。風呂敷の布ははらりと花咲くごとくシートに和柄を広げる。塗りのお重が現れる。わー。二男性の歓声。蓋を開ける前からおいしそうだ。

「開けていい？」

坂男が蓋を開ける。蓋を開けるともっとおいしそう。わー。二男性の歓声ふたたび。

「うわあ、うまそうだ。手作りなんだ。すっげえじゃん。実は家庭的なんだね」

東男がコメントする。坂男もほぼ同じコメント。2コメントが向けられるのは京花だ。作った滋賀菜ではなく。

京都と滋賀の状態は、これである。

なぜ男性は、京花にころっとダマされるのだろうか?

それは京花が、滋賀菜から（実質的に）横取りした弁当を、風呂敷で包むからである。

風呂敷がミソなのだ。京花の風呂敷には「京都二千年の都」という家紋が入っているのである。

京都二千年の都という家紋＝暗喩。念のため。暗喩が読解できない若者が名門大学生にも（名門大学生ほど？）増加しているので。国語の授業で小説を取り扱わない学校が増えたせいか？

「では、いただきます」

坂男と東男、弁当を食べる。もぐもぐもぐ、ごくん。

「わー、□だね」

□の部分は味の感想。

弁当の中身が和洋中なんであろうと、二人は同じ感想を述べる。彼らにかぎらず、全国の老若男女が同じ感想を述べると言っても過言ではない。□の部分に入ることばは、「さすがに京都の味付けは上品」だ。入れてみよう。

「わー、さすがに京都の味付けは上品だね」

と、こうなる。

「京都二千年の都」の家紋入りの風呂敷に包まれた料理に対する感想は、細かなちがいはあろうとも、だいたいこうなる。家紋入りの風呂敷は、全国の人々を思考停止させる。

「うまいなあ」

「すごいね、京花ちゃん」

坂男と東男は二人は食べる。かりに内心では、

(ちょっと味が薄すぎないか？　酒と飲むんだからもうちょっとしっかり味付けしてほしかったな)

(なんか味がしないんだけど、オレの味覚がヘンなのかな)

と思ったとしても、言わない。京花のごきげんとりをする気持ちがとくになくても、言わない。内心を言うと、自分が「上品ではない」ことになるのではないかという心配が、どこかにわくからである。

「滋賀菜ちゃんも、食べなよ」

作ったのは滋賀菜であるとも知らず、無邪気に勧める坂男と東男。

「ええ、あの……、でも……」

滋賀菜は口ごもる。

彼女は京花と「ナカヨシ女子」であるのだが、既述のとおり、「ナカヨシ女子」≠「仲のよい友人関係にある二人の女性」。「≠」である。「ナカヨシ女子」の「ナカヨシ」とは、

トランプ大統領と安倍総理がゴルフをいっしょにして炉端焼きの店にいっしょに行くような「ナカヨシ」である。顔色を窺うという行為は、安倍↓トランプがオールウェイズで、安倍↑トランプはない。

口ごもる滋賀菜の横で、京花はお重から漬物をチョイスする。

「ねえ、これも食べてみたら」

箸で漬物をつまみ、「アーン」の動作で二男性の口に入れる。二男性は感激する。

「うまい」

ここは本心が出る。味に対する本心が。漬物なので味がしっかりりついていたからだ。

「よかったー。それは滋賀菜ちゃんのお母さんが漬けられたんだって」

みごとである。京花の自己プレゼン技術が。

1　滋賀菜もお重作りに関わっていると、男性二人に教えてあげて、滋賀菜の気持ちを和らげる。

2　だが滋賀菜が関わったのは漬物のみで、ほかは京花が作ったかのような印象を（故意か偶然かは不明ながら）与えることに成功している。

3　さらに、「女の子って同性を敵視するとこあるじゃん。同性の友人に配慮する女の子って男前っていう感じしていいね」という印象を、二男性に与えることにも成功している。京都二千年の都の高度テクニックだ。

　ところが、滋賀菜が唯一関わったメニューだと印象づけてしまった漬物を食べての二男性の感想はこうなる。

「へえ漬物は滋賀菜ちゃんが……。へえ滋賀は京都とちがって味付けが濃いんだね」

　漬物は保存食だ。お重に詰められたほかのおかずより味が濃いのはあたりまえだ。だが、男二人は気づかない。「二千年の都」の家紋入り風呂敷で目眩(めくら)ましされて、右記のような感想を口にするのだ。口にしたことで、彼らの記憶として、

「滋賀は京都とちがって上品ではない」

という印象が残る。

　品(ひん)とはなにか。上品とはいかなることか。その答えはきわめて難しい。ただ電通並博(でんつうならびにはく)報堂的(ほうどうてき)定義の上品に限るなら、それを京都は自分の商品価値としている。

　このことは、滋賀との比較より、大阪との比較で際立つ。

「同じ関西でも、京都は上品だが大阪は下品だ」

「同じ関西弁でも、京都弁は上品だけど、大阪弁は下品よね」

東京はあらゆる土地の出身者が集まる所だが、筆者はこの地に何十年か暮らして、このようなコメントを何十回と聞いた。

上品な人、下品な人は、全国、全世界に棲息していて、どの県が、どの国が、どうだなどと断言できるものではない。みな、よくわかっている。であるのに、「京都＝上品」というイメージをみごとに摑み、商品価値としている。

『昔の名前で出ています』という小林旭の歌がある。全国のあちこちの酒場で働いていた女性が、一人だけ本気だった男性客がいて、今はまた昔の源氏名で店に出勤しているから会いたいものだとつぶやく内容の歌詞である。歌謡曲、流行歌、ヒットソングというものに疎い私が知っているくらいだから、相当ヒットしたのだ。

歌中の女性は、神戸勤務時には渚という源氏名を使っていた。横浜勤務時にはひろみだ。この二か所での源氏名については、土地と名前のイメージがゆるく合っている。だが、京都勤務時の源氏名については、当節再現ドラマの花見合コンが象徴する、京花の「あざやかさ」「舌を巻くてぎわのよさ」を強く感じる。この女性は京都勤務時には、「忍（しのぶ）」という源氏名だったのである。忍……。男の浮気を忍び、男の強引さにも忍び、いつも三歩下がって忍ぶ女性、忍……。こうしたおとなしいイメージも、おとなしくなく自分のものとする京花の、鮮やかなてぎわのよさ。それに比べて、いつもモタモタとどんくさい滋賀菜。忍という名前は♪滋賀にいるときゃ、忍と呼ばれたの♪と歌ったほうが実情に則している。「どうぞ〈上品〉やってってください。ウチはウチのやり方でやらしてもらいまっさ」

という大阪は、べつに京都の顔色は窺わない。

安倍総理はトランプ大統領の顔色を窺う。日米安保条約があるからである。

滋賀菜ちゃんはふしぎだ。滋賀菜ちゃんには京花ちゃんの顔色を窺う理由はない。にもかかわらず窺う。顔色を窺うつもりはないのだろうが、「ナカヨシ女子」になっていること、「ナカヨシ女子」という状態を、窺うのである。ふしぎな反応だが、遠慮という心情に近いかもしれない。滋賀菜と京花の場合、一方の京花は、その人間が生活している環境（クラスだとか、町内だとか、会社の部署だとか）の中におけるスター女子なので、この遠慮的な心情が、「京花に臆す」といったかたちで現れてしまう。滋賀菜はオールウェイズ京花の陰になるのである。

滋賀県にある永源寺は茶の産地である。筆者は小三時に担任教諭から社会の時間に、「そやけどな、これを売るときは、宇治茶て書いてはるんや」と教わった。「そうしたほうが売れるさかいやで。それが商売いうもんや」と。

現在は許される方法ではない。昭和四十年代当時は、許されたのだろうか？　それとも宇治茶とブレンド（整茶）させる用の茶葉を、永源寺の業者から宇治の業者に売っているという意味だったのか？　小三当時は挙手して質問しなかった。いっさい疑わず、悔しくもなく、「へえ、そうなんだ」と思った。商売とはそういうことだと先生が言ったので、なるほどと。

オレンジ色の西洋ニンジン（通称）ではなく、赤いニンジンは、金時ニンジンであるが、東京のスーパーでは「京ニンジン」とラベルをつけて売っている。値段は西洋ニンジンよりずっと高い。

先述のお花見合コンドラマで、お重に入っていた漬物は「日野菜」のつもりでいた。ラディッシュのようなさわやかな蕪種の漬物で、滋賀県名産なのであるが、この漬物も、東京のスーパーでは「京菜」として売られている。

しかしである。

こんなことは百も承知で、滋賀県は「このへんの位置」にいることで、「ラク」をエンジョイしてきたのではないか。「そやかてな、京都でいるのは大変やんか。オリンピックに選手として出場するより、オリンピックをＴＶで永源寺茶飲みながら見てるほうがきらくでええわー」と、そんなエンジョイ。そんな滋賀の観光ポスターを考えた。

『そうだ滋賀、忍ぼう』

2　港の元気、横浜、横須賀

小林旭の歌の次はダウン・タウン・ブギウギ・バンドである。

「一週間程度の期間なら記憶に残っているが、一年を経過してしまっていては、わかりかねる。ロングヘアーの女性とのことだが、この界隈には大勢いるので限定できない。申しわけないが、他へ問い合わせされたし。ところで、貴兄は該当女性といかなる関係の方か？」

という意味のセリフで始まる歌がヒットしたのは１９７５年。ことばの魔術師、ことばの女神、阿木燿子の歌詞は、当時の若者の胸に衝撃的に染み込んだ。（本書の定価を低くおさえるために）ジャスラックへの申請をせずにすむよう、冒頭セリフを換言したので、ヒットした当時を知らない若年層には伝わりにくいかもしれないが。

ツナギ姿でセクシーな不良ふうにキメた若かりしころの宇崎竜童が、小気味よい低音ベースギターにのせて発音したことば。それは……、

「横浜、横須賀」

である。

横浜、横須賀。

なんという衝撃。

「2億円当たる」や「利率8・8％」でもなく、「パンチラ」でもなく、「毛が増えた」でもなく、「友情・努力・勝利」でもなく、この歌のサビは、たんなる地名なのである。たんなる地名が、日本全国津々浦々の、妙齢の乙女と青年たちを、「きゃー、しびれるゥ」「カッケー」と衝撃させたのである。

おお、若人たちよ。

かつての若人たちよ。1975年に若人たちだった今は若人ではない人たちよ。

【湾や河口を利用し、また防波堤を築いて、船が安全に碇泊できるようにした所。（広辞苑）】につづけて、女性名と、横浜と横須賀という地名をつづけて、この歌は、当時の若人たちを衝撃させたのだ。歌詞の構成からすれば、

♪　港の　アキコ、雄琴（おごと）、信楽（しがらき）〜　♪

でもヒットするはずではないか。女姓名に関しては、アキコでも、クミコ、ケーコでも、

当時の女姓名に多いものならヒットを阻（はば）まなかったはずだ。が、ことばの女神、阿木燿子が女神たるゆえんは、「ヨうこ、ヨこはま、ヨこすか」と韻をばっちり、かつ、さりげなく踏ませているところだ。そこで見習って

♪　港の　オリエ、雄琴、近江八幡〜　♪

♪　港の　アキコ、安土、愛東〜　♪

と頭韻を踏ませた歌詞を、まずは考えた。ポピュラーソングをヒットさせるという前提的目的のためには、人になじみのある、耳で聞いてすぐわかる固有名詞を織りまぜる必要がある。すると、

（1）滋賀県内の地名で、知名度のある市町村が、（2）女性名として多数の人になじみのあるものと、（3）頭韻を踏んでいること、という制約が生じる。（1）の制約がキツい。別項で記したとおり、琵琶湖さえ、京都の郊外にあると思っている人もいるのに、地名となるともっとキツい。捻出した結果が、雄琴と安土だ。ところが、頭の音が「オ」と「ア」で別々だ。

（2）の制約だけならキツくはないが、「オ」ではじまるメジャーな女性名となると、キ

ツい。オリエは、五木寛之『青春の門』の愛読者にはグッときても、どだい「小説を読む

人口」が少ないのだから、アピール力が弱い。乙葉、乙女、も女性名としては存在するが

どメジャーではない。

(3) すると、雄琴ではなく安土に合わせて、アのつく女性名。アキコ。これはどメジャ

ーだ。ところが滋賀県内の「ア」のつく地名で、全国的に知られているものがない。地理

に詳しいレアな方は「愛知川町は?」と言ってくださるかもしれないが、「愛知川町」は

「エチガワ」なんである。「ええいもう、これなら韻を踏んでないほうがまし」と、地名は、

(特殊)風呂ファンの男性に配慮+NHK朝ドラファンの女性に配慮で、

♪ 港の アキコ、雄琴、信楽〜 ♪

にしたのだった。悩みに悩んだにもかかわらず、♪ 港の アキコ、雄琴、信楽〜 ♪

では(ぜったい)ヒットしないことが、すぐわかってしまう。

「港の アキコ、雄琴、信楽」の、なにがダメなのか? ♪名前が違う、場所が違う、雰

囲気違う♪ と同じく宇崎&阿木コンビの山口百恵『イミテーション・ゴールド』のふし

にのせて、ダメな理由もすぐわかってしまう。やはり女性名につづく地名がミソなのだ。

「横浜、横須賀」

この地名は、地名だけでサマになるのである。

編集者・記者の話によれば、各界で活躍する人物に何かの企画や特集で取材をして記事にし、プロフィールを作成して、本人に事実誤認がないか確認すると、横浜出身者のほぼ100％が「神奈川県生まれ」に赤く「×」をして「横浜生まれ」に訂正してくるという。そんな人もいるというレベルではなく、ほぼ100％だそうだ（私と知己の編集者・記者にかぎってたまたまの確率なのかもしれないが）。

複数の人のプロフィールを同ページ（同企画内）に掲載するさい、ほかの人は「○○県生まれ」でそろっているのに、横浜市は神奈川県にあるのだからまちがいではないのに、赤く「×」をして「横浜生まれ」と訂正するときの心情は、私が、自分のプロフィールが「佐賀県生まれ」となっているのに「×」をして「滋賀県生まれ」に訂正するときの心情とは全然ちがう（にちがいない）。

ところで。

プロフィールというのは本人が作らない。だれかが作る。それをだれかが引用して、ちょっと変わる。それをまただれかが引用してまたちょっと変わる。

私が初めて単行本を出した時の場合は、カバーのソデに出ているのを見て「へえ」と思ったくらい、事前にまったく確認されなかった。そしてその時のプロフィールが、えんえんとマゴビキされて徐々に変化していき、現在に至っている。短いもの、中くらいのもの、詳しく長いものの三パターンがあるが、元ネタはみな、初めての単行本を出した時のプロフィールのバリエーションだ。

私が初めて小説を単行本で出したころというのはまだ世の中にインターネットがなく、カバーのようなカラー印刷部分のソデにおさめるプロフィールや、雑誌でインタビューを受けたさいに写真のそばに付くプロフィールなどは、著作本文や記事文とは別進行なので、確認させてもらうのを忘れることが多々あり、「ありゃりゃ」と思うことが、マゴビキゆえに時々あった。「兵庫県生まれ」となっていたこともあったが、訂正できないのでそのまま市場に出ていた。今はＰＤＦなどでカバーの具合や、カラーページの掲載具合も「確認お願いします」とメールが来るのでこういうことはなくなったが、本人がぼんやりしていてミスを見落とすことがある。

そんな他人まかせのプロフィールであったのだが……。

先日、初めてプロフィールを自分で作った。

株式会社宣伝会議のウェブ雑誌『ブレーン』に「今夜も窓に灯がついている.」というリレーエッセイに原稿を寄せた時である。

「うーんと……」

自分で作るとなると、なかなか難しい。履歴書のようになってしまう。

プロフィールというのは履歴書ではない。『ブレーン』なら『ブレーン』という雑誌で、「今夜も窓に灯がついている.」なら「今夜も窓に灯がついている.」というページで、「読者は初めて私の名前を知った」ことを前提にした自己紹介をしないとならないのだ。写真も用意してくれと言われている。写真も難しい。自分一人で写った写真がめったにない。同級生だとか通行人だとか、人でなくてもなにかごちゃごちゃしたものもいっしょに写ってしまっている。といってプロ・カメラマンが撮ったものだと著作権があって、「この写真を使って」と言うと二次使用料が発生したりして掲載サイドはいやがる。「困ったなあ」と、PCにアーカイブされている写真から著作権のないものを探して、画素数を調べて、送って、なんだか、とても疲れる作業だった。

そうしてアップデートされた「今夜も窓に灯がついている。」である。バックナンバーを読むと、出身県によるプロフィールの差が顕著な二例を見ることができる。

【川村元気】

1979年、横浜生まれ。

上智大学文学部新聞学科卒業後、東宝にて『電車男』『告白』『悪人』『モテキ』『おおかみこどもの雨と雪』『寄生獣』などの映画を製作。

2010年、米The Hollywood Reporter誌の「Next Generation Asia」に選出され、翌2011年には優れた映画製作者に贈られる「藤本賞」を史上最年少で受賞。

2012年には、ルイ・ヴィトン・プレゼンツのCGムービー『LOUIS VUITTON –BEYOND–』のクリエイティブ・ディレクターを務める。

同年に初小説『世界から猫が消えたなら』を発表。同書は本屋大賞へのノミネートを受け、70万部突破の大ベストセラーとなり、佐藤健、宮崎あおい出演での映画化が決定した。

２０１３年にはアートディレクター佐野研二郎と共著の絵本『ティニー　ふうせんいぬのものがたり』を発表し、同作はＮＨＫでのアニメ化が決定している。その他の著書として、イラストレーター益子悠紀と共著の絵本『ムーム』、山田洋次・沢木耕太郎・杉本博司・倉本聰・秋元康・宮崎駿・糸井重里・篠山紀信・谷川俊太郎・鈴木敏夫・横尾忠則・坂本龍一ら12人との仕事の対話集『仕事。』、BRUTUS誌に連載された小説第二作『億男』がある。

（「今夜も窓に灯りがついている。」第９回より）

【姫野カオルコ】

１９５８年滋賀県生まれ。

小説家。

印象の薄い県で育ち、マイナーな作風で地味に書き続けている。

連絡先付公式サイトは

http://himenoshiki.com/

（「今夜も窓に灯りがついている。」第21回より）

3　ぼんやりとパリを思うように彼を

プロフィールについて、さらにつづける。

19世紀末、フランスのオーブ県に住む日曜作家（平日は水門そばにある税関に勤める小役人）が、生涯に二冊だけ出版した小説があって、うち一冊は消失し、一冊だけ現存している。タイトルは『菫（すみれ）』。自然主義文学が興り注目された時期にあって、ジャンルとしては一応ここに分類されるが、読者を刺激的に注視させる、身を持ち崩してゆく登場人物は出てこず、といって前時期のロマン主義的な恋人たちの逢瀬（おうせ）の場面もない。著者本人らしい人物が、川沿いの径（みち）を散歩しながら、考えるというでもなく、ぼんやりとパリを思い、その心情を綴った実に地味な一編である。題名だけは宝塚歌劇団の『すみれの花咲く頃』を想起させてスイートなので、一部の好士の間では、昭和末あたりまでは細く長く読み継がれていた――。

譬（たと）えである。こういう地味な『菫』という小説があるとする。

なにゆえ、かくも長々しい譬えを出したか。

1+1=2といったように示せる「心情」「感情」であれば、とっとと、そう示した。示せないところを掬うのが文芸である。春の川沿いに咲く菫の花を美しいと思い、それが「おお、なんと美しい菫よ」と書いてすむような心情や感情であるのなら、文芸にする必要はない。必要なく、ただ文芸的に綴ったなら、それは広告文となる。

「おお、なんと美しい菫よ」と思い、そう思う己の鼻は団子鼻である滑稽を憎みかなしみ、「おお、なんと美しい菫よ」と綴る資格を与えられなかった恥ずかしさを綴るのが文芸である。ただし、これを随筆という体の発表形態にも持ち込むとなると、その配分は少なめにせねばならない。随筆は小説よりも、読む人の数が多いので、そのぶん表現は、ところどころ、「こまかい部分を切り捨てる」ことを要される。

であるなら、長々しい譬えの部分を先に出しておけば、あとはオーソドックスな随筆の体に書ける。

架空の19世紀の小説『菫』、の語り手が、川沿いの径を散歩しながら、考えるというでもなく、ぼんやりとパリを思うように、私は、みうらじゅんのことを思うことがある……

と。

よくあるのだ。私には。こういうことが。

では、みうらじゅんのプロフィールを、紹介したい。『週刊文春』2943号（2017・11・2号）「松本清張の焦点」での、俳優・船越英一郎との対談ページに出ていたものだ。

対談も読みごたえがあったが、このプロフィールが輝いていた。たとえ横浜生まれであろうとも、京都生まれを前にしては完敗することが如実にわかる。では全国の、とくに横浜出身の、読者諸君、心して見よ、みうらじゅんのプロフィールを。

【みうらじゅん】1958年生まれ。イラストレーターなど。

むろんこの対談ページは、あくまでも松本清張特集の一環なので、船越英一郎もみうらじゅんも、生年と肩書のみで、後は80字ほど、松本清張との関わりが記されているのであるが、憎いみうらの、「肩書」の、「イラストレーターなど」の、この「など」に……、この、しれっとした「など」に、憎さが輝いている。

　憎いみうらは、京都生まれである。なのに、京都生まれとプロフィールに書かないのである。「そんなの、本人が書かなかったんじゃなく、編集部が書かなかったんだろ。松本清張特集なんだから、100字弱しかないプロフィールスペースの大部分は清張との関わりに割く(さ)のがあたりまえじゃないか」という意見はあるだろう。あるだろうなどと言う前に自明のことだ。しかし、「京都生まれとプロフィールに書かないのである」と感じられるのである、滋賀県出身の私には。横浜出身の人々には。

「え、オレ、横浜出身だけど、ぜんぜん、そんなふうに感じないけど」と言うのは、横浜市中区ではない出身者に決まっている。

　もし、みうらじゅんが横浜市の中区以外の生まれなら、編集部から対談ページのゲラがFAXで送られてきたら、生年の後に、「＞横浜生まれ」＊と赤く入れたかもしれないが、京都生まれだから、そんなことはしない。憎いね、みうら！

「憎いね、みうら」。このフレーズのオリジナルは西原理恵子さんだ。「憎いね、みうら」という肉筆文字が西原さんの漫画にあった。数人が居合わせた場で空気がやや不穏になっ

＊「＞」＝文章の校正時に何かしらの文言を挿入する際に使う校正記号

た時、みうらじゅんが和ませたエピソードが描かれていて、そこに「憎いね、みうら」と書いてあったのである。ものすごく笑った。「憎いね、三浦」だったら笑わなかった。「憎いね、じゅん」でも「憎いね、三浦純」でも。「憎いね、みうらじゅん」でも。「憎い（にくい、だったかな？）」の後に「みうら」と続くのが、おかしいのだ。「憎いね、みうら」。おかしいではないか。「憎い（にくい）」という強い語の後に、みうらじゅんの、苗字のみうら部分だけ続くのが、おかしい。

ではもし、憎いみうらが、横浜市中区の生まれであったなら、出身地についてはどうしただろう？　どうしただろうな？　どうだろうどうだろう？……と、川沿いの径を歩きながら、考えるというでもなく、みうらじゅんのことを思うことが、私にはあるのである。

「横浜出身というのは横浜市中区出身だけ。京都出身というのは洛中出身だけ」

という主張を、私はこれまで幾度となく聞いたり読んだりしてきたが、そのたび、そんなものなのかしらねと、まったく実感なく傍観するだけで、主張の是非より、別の特徴にいつも関心が向いた。

主張者の差が東西で大きく異なるのだ。

「横浜出身というのは中区出身だけ」説を、ボウモアをショットグラスでクイッと飲むように吐くのは、当の中区出身者であることが大半で、「京都出身というのは洛中出身だけ」説を、器から箸で取り出す時のコノワタのようにずるずる唱えるのは、洛中出身者から、コノワタに加工前のナマコが排出した内臓のようにずるずるした厭味（いやみ）を言われたり意地悪をされた側の、洛外出身者が大半だった。私の経験に限られるが。

とすれば、大将軍西町出身のみうらじゅんの、「【みうらじゅん】 1958年生まれ。イラストレーターなど。」というプロフィールが、かもうりの炊いたん*のように、いかにしれっと仕上がっているかがわかっていただけるであろう。ゆるんでいる。これは「神奈川県生まれ」に赤で「×」をつけて「横浜生まれ」に訂正する行動より、余裕のアティテユードではないか？　しかも、ゆるみに着目して「ゆるキャラ」なることばづかいも発案して、まったく、憎いね、みうら！

＊かもうりの炊いたん＝かもうり（とうがん）の煮たもの

4　世界三大夫人に見る京滋

世界三大夫人といえば？

キュリー夫人・チャタレー夫人・ボヴァリー夫人。

大阪万博くらいまでは。今は？

キュリー夫人は入るだろうが、チャタレー夫人とボヴァリー夫人は脱落して、デヴィ夫人・キュリー夫人・エマニエル夫人（エマニエルも苦戦かも）。

「なんとか夫人」という言い方には、どこかしら禁断のエロスがあった。『ボヴァリー夫人』（1857年刊）が不道徳だと顰蹙（ひんしゅく）を買ったり、『チャタレー夫人の恋人』（1928年刊）が性描写がけしからんと完全版が長く出版されなかったり、日本では猥褻（わいせつ）裁判（チャタレー裁判）があったりしたから、こう言うのではない。

こうしたことに「うほほ」という関心が向く情感はエロであって「ス」は付かない。

「どこかしら禁断のエロス」という「ス」付のエロスは、エロと同類ではあるものの、神話のクーピドに矢を射られた情感も含んでのものである。

銀幕のスターを映画館のガラス張りのスチール写真展示スペースで見て、小学生のころには「きれいやなあ」と単純な反応だけをしていたのが、中学生になると、単に顔立ちの造作が整っていることへの反応だけではない、もっと自分のあこがれを託せるような疑似恋をすることがある。そういう情感をエロスと（本書では）言っている。

戦前・戦中・戦後高度経済成長期の三期間における銀幕のスター女優に、高峰三枝子、原節子、松原智恵子がいる。三人とも、エロスにめざめる年齢にある少年にとっても少女にとっても、「あこがれのお姉様」であった。この三人にかぎらず、ある時期まで、エロスにめざめる年齢の者（この年齢にある庶民）を惹きつける芸能人女性は「姉」であった。日本経済が成長するにつれ、徐々に「妹」になっていくのである。

坂道をのぼった先に立つ広大なお屋敷の門の向こう側（奥方）にいる女人に、高みを見、高みを目指さんとする意欲を、経済が成長せぬ前の庶民は抱いていたので、「なんとか夫人」からただよってくる禁断のエロスに、上半身も下半身も、遠慮がちにふるふるさせたのだろう。

経済の成長とともに、「なんとか夫人」の住環境は、駅からしばらく歩いていったところにある白いペンキ塗りの柵とマーガレット咲く花壇のある家になり、さらに経済成長すると団地になった。団地に住む夫人はパンストを履いていて、倒れると、ドアを開けたところの上がり框に置かれた買い物籠に爪先があたり、籠が倒れて中から玉葱がごろんところがる。こんなエロスには、息づかいと汗の感触がリアルに（等身大に）感じられるパワーがあったのだろう。経済成長のピークである。

成長が次第に下降してゆくに従い、疑似恋の対象は「姉」から、自分の通う学校（やクラス）の優等生女子という中継ぎ的時期を経由し、「妹」にシフトしてゆく。

なんとか夫人↓早乙女愛↓源しずかちゃん↓「二つ下の妹」↓「年の離れた妹」ときて、さらに「幼女」になり、いまや「嬰児」になるのも近い気配だ。

経済成長は日本の家庭の金銭を増やした（一億人が、ウチはなんとか中流だろうと思うような）。田んぼや畑で米や野菜を作っている家、作業場で家族や親戚で容器や部品を作っている家などを思い浮かべてほしい。かつて嫁は「労働者の係長（社長＝舅、専務＝姑、部長＝夫、課長＝小姑）」であった。かつて子供も「労働者の新米」「労働補助者」「丁稚」であった。それが一億中流になると、「一世帯だけのぶんの食事の支度や洗濯や掃除」を専らとする嫁が増加し、子供は「子供でいること」をするようになった。嫁の中には、家以外の場所に働きに出て、一世帯ぶんの家事だけを専らとしない者も依然として存在しつづけたが、高度経済成長期の都市部には少なく、いっぽう、こと子供にかぎっては、「子供でいること」をする者ばかりになった(原則的に)。つまり、かつて子供は、子供の年齢のうちは小型の大人だったのが、そのうちプロの子供になった。

プロの子供は、両親と祖父母から、全財力を費やされた世話をされる。プロのモデルがモデルとしていい仕事をゲットすべく、美容整形、美容エクササイズ、歯列矯正、エステティックに時間をかけるように、両親と祖父母は、プロの子供に、一流の子供でいさせるために、その家の収入に応じてお世話をするのだ。記念日には子供専用写真スタジオは予約で満杯になり、塾への行幸、塾からの還御には、厳重な送り迎えがつく。

しかし、プロのモデルとちがって、まだ子供であるので(まだ精神が発達していないので)、ものごころついたときから両親祖父母から、平身低頭してかしづかれると、それがあたりまえ(当然)と学び、十歳にもなれば、大人の年齢にある人間は自分にかしづき、世話をする家来なのだと信念する（信念する＝造語）。

大人を家臣（自分の要求に応じる道具）とすることを「権利」として覚えさせられたら、発達を遂げたい（大人になりたい）とは願わなくなる。しかし、肉体は必ず大人になる。いやだ。労働したくない。大人になってプロの労働者になったら、王様から家臣に身分が下がる。いやだ。でも働かないわけにはいかない。しぶしぶ。子供でいたい。「なんとか夫人」？　大人なのだから労働者だよね、家政婦長？　……という感覚で性にめざめる時期を迎えても、「なんとか夫人」に禁断のエロスの香りを嗅ぎつけるわけがない。

「世界三大夫人といえば、キュリー夫人・チャタレー夫人・ボヴァリー夫人だったんですけど、今では、デヴィ夫人・キュリー夫人・エマニエル夫人になりました」

と、私が当節の冒頭で言いたかったのは、こういう意味であったのだが、言ってもウケない。私の性別が女だからである。

エロスについても、「ス」の付かないエロについても、男がしゃべると「おもしろい」「ユーモラス」「ゆかい」と受け取ってもらえる。女がしゃべると「下品」「イタい」「わざとらしい」「スベってる」と受け取られる。この傾向は20世紀よりは軽減したとはいえ、

21世紀現在でもまだある。なのでこのページのここまで、私は注意深く、「ス」ナシのエロに近づかぬよう、「ス」付のエロスの範囲内で、しかもスーツを着て落ち着いたアティテュードで綴ってきた。

男は緊急時に立ちションができるが女は立ちションはできないのと同じ、女はズボンもスカートもはけるが、男は（今のところはまだ）スカートがはけないのと同じ、瑣末かもしれないが「エロ話」には、けっこうだいじな性差が在るのである。

憎いみうらが「人生の2／3はいやらしいことを考えてきた」と言えば、同世代同性には「ワカる」、年下同性には「われらが兄キ」、年長同性には「率直でよろしい」、同世代異性には「あはは、みうらくんたら」、年下異性には「おもしろいこと言うおじさん」、年長異性には「猥談しても許されるキャラ」と、全方位にウケる。

かたや私が言えば、同世代同性にも、年下同性にも、年長同性にも、同世代異性にも、年下異性にも、年長異性にも、全方位にウケない。

「セックスしたいがセックスできない」という童貞の核を『色即ぜねれいしょん』でみうらが綴れば映画化されるが、同テーマで私が処女の核を『喪失記』で綴っても映画化されない。童貞の心情を詳(つまび)らかにするのはウケても、処女の心情を詳らかにするのは、ウケない……どころか、ブスの恨み言だと誤読される。

（くりかえすけれども）20世紀よりは軽減したとはいえ、21世紀現在でも、この傾向は、「ネイルしてLINEしてゴルフして女子アナ見てる男女＝メジャーなみんな」のあいだには、まだまだ十分に残っている。であるからして、

「世界には有名な夫人が何人かいてはりますけど、やっぱり、夫人といえば、エマニエル夫人なんですよ」

という、ユルくもキャッチーなつぶやきは、京都の童貞には許されるが、滋賀県の処女には許されない。陰陽の性器差だ。京都と滋賀、ああ光と陰。憎いね、みうら！

ま、この節のテーマはさ、出身地はぜんっぜん関係ないんだけどさ、この本はさ、いちおうさ、滋賀で括ってるからさ。さ、さ、佐々木氏は近江の豪族。

5　エマニエル夫人にみる京滋の光と陰

ここまできて、明かしたいことがある。

ここまできたから、明かしたい。

みうらじゅん＝1958年生まれ。姫野カオルコ＝1958年生まれ。

みうらじゅん＝血液型AB。姫野カオルコ＝血液型AB。

みうらじゅん＝一人子(ひとりっこ)。姫野カオルコ＝一人子。

みうらじゅん＝雑誌『mcSister』に1993年5月号〜1994年4月号までイラスト担当ページあり。そのページの文担当＝姫野カオルコ。

みうらじゅんと私は、同年生まれ、同血液型、同一人子で、同雑誌に同年間に同ページに連載していた。

だから『エマニエル夫人』なのだ。

未成年という語がある。未性年という語を、このページのために造った。「ス」の付くエロスにも付かないエロにも興味津々のピーク時で、且つ、他者との性的な実体験（手をつなぐレベルでも）ゼロの男女のこと＝未性年。

『エマニエル夫人』が話題になったころの巷間での話題沸騰ぶりは、この映画が話題になった時に、未性年であった世代でないとぴんとこない。「世代限定の〝ぴん〟」だ。

この「世代限定の〝ぴん〟」こそ、世の原動力なのである。各世代が棺桶に入るまで、政治、経済、人文、全方面において、〝ぴん〟とくる力となるものである。

でなければ、なぜ『週刊ポスト』は、由美かおるの、関根恵子の、柏原芳恵の、ヌードグラビアを二次使用するのだ。ぴんときた対象女体は、世代が限定されることで、いや、世代が限定されるからこそ、下半身にも、上半身にもひしと迫るのである。

こうした〝ぴん〟について、アンドレ・ジイドが換言してくれている。

【青春は一度しかない。あとはそれを思い出すだけ】

さすがはノーベル賞。憎いね、ジイド……と、ほれ見よ、「憎いね、ジイド」だとべつにおかしくない。憎いの後が「みうら」だからよいのだ。くーっ、憎いね、みうら！

で。

公開当時にものすごく話題になった『エマニエル夫人』は、実は、未性年にはつまらない映画なのである。近い時期に公開された『ポセイドン・アドベンチャー』のように起伏に富んだ展開でもなく、『サンドラ・ジュリアン/色情日記』のように実用的にぴんとさせてもくれない。つまりエンタテイメントとしてもダメで、ズリネタとしてもダメなわけだ。画面がきれい。長所はこれですかね。

そんな映画がなぜ話題沸騰したかと言うと、理由は、すでに前節に記されていると言える。「エロをウリにした映画に、女がたくさん来たから」だ。女もポルノ映画を見に行ってくださいと、世間的な許可をされた初めての映画だったからである。

フランスの代表的ファッション雑誌『ELLE』、『vogue』の写真をてがけていたジュスト・ジャカンによる、それはそれはキレイな画面の中で、キレイなモデルが、キレイな主題歌をバックに、ファッショナブルにキスしてファッショナブルにセックスする『エマニエル夫人』は、なるほど画面のキレイさについては文句なかったが、「ス無しに近いエロなポルノ」が許可されたと勢い込んで映画館に行った女性客は、口には出さなかったが、胸の内では「なんだ、がっかり」だった(はずである)。

にもかかわらず、『エマニエル夫人』は、

「おれらなんかだと、やっぱりエマニエル夫人なんですよ」

と言われる象徴的な存在なのである。「おれなんかだと」ではなく、「おれらなんかだと」と、「ら」という複数を表す接尾語を付けて言われるような。

その映画を、公開当時に、ワクワク期待して見に行「け」たか、行「けな」かったか。この差は大きい。この差は10000ジイドであり、そのまま、憎いみうらと私の差であり、京都と滋賀の差である。


単位ジイド＝【青春は一度しかない。あとはそれを思い出すだけ】を痛感させる度合いの単位。1ジイドは、大掃除をしていて、天袋から中高時代の制服が出てきたとき。


宮津でも山科でも嵯峨野でもなく、京都のうちでも光輝く上京区から分区した北区に住んでいた1958年生まれのみうらは、見に行「け」た。河原町の映画館に見に行ったとして、大将軍西町からはGoogleマップのルート案内で検索すると「36分」だ。

同じく1958年生まれのヒメノは、上京区にある近畿放送（当時社名）の深夜ラジオから流れるピエール・バシュレの歌う♪メドゥド　ジュヴジュブ　エマニュエ〜ル♪　というムーディ勝山な主題歌を、みうらと同じように聞きながらも、滋賀県の、〝草津より向こう〟に住んでいたために、見に行「けな」かった。

滋賀県のうち、草津までは滋賀県の特別エリアである。琵琶湖線の、京都→大津～→草津の、草津まで。京都と草津までを、他県でたとえるなら、渋谷から明大前、名古屋から今池、札幌から澄川、仙台から黒松、天神から姪浜といった行きやすさだ。

だが、草津より向こうはちがう。向こうとは、当然、世界のＫＹＯＴＯを基準にした向こうである。東に、西に、南に、北に、京都から離れた向こう。

〝草津より向こう〟となると、草津までとは「京都へ行くという行動」に対する住民の温度差がちがう。しかも〝草津より向こう〟でも、琵琶湖線ならまだしも、別線はもっとちがう。別線からさらにバスで行く向こうなエリアともなれば、もっともっとちがう。

もっともっとちがう〝草津より向こう〟に、私は住んでいた。車もない金もない土地カンも『Ｙａｈｏｏ！乗換案内』もない中高生が、〝草津より向こう〟から、京都に映画を見に行くとなったら？　他県の同じような住環境で未性年時代を過ごした読者に、ここは訴えたい。

「くーっ、わかる、バンバン（机を叩く音）」

ですよね？　経済的にも枷（かせ）があるが、何より、親の重圧＋近所の中圧＋学校の小圧といった、都会住人にはかからない、暗く因習的なドロドロの圧をはねのけ、血も滲（にじ）まん苦心の果てに、ようやく叶う行動なのである。

未性年にかぎらない。税務署から小説家用の確定申告用紙が郵送されてくるようになった成人後も、私は親・親戚・滋賀で近所だった人々に小説家になったことをひた隠しにし、「共同印刷で電算写植の仕事をしている」と嘘をつきつづけていた。直木賞についての新聞記事で自分の出身地が誤って千葉になっていたことを別項に書いたが、ひた隠している身の内心ではホッとしていた。

このことを、それこそ私はみうらじゅんに言ったことがあるのだが*、「？？？」な表情を、あのだれからも好かれるお顔に浮かべていらした。それもそのはず、都会住人みうらじゅんのお父様は、息子が漫画連載をはじめると、偽名でファンレターを編集部に出していらしたのである。この差！！！！！　京都と滋賀では親までこんなに差があるのだ。

Googleマップのルート検索がぜったい試算できない、目には見えぬ、家（親）＋近所＋学

＊雑誌連載時に編集部で顔を合わせる機会がたまたまあったため

校の大中小合体の3圧をはねのけて、しかも『サウンド・オブ・ミュージック』のリバイバルでもない『エマニエル夫人』を見に行くとなると、〈草津より向こう〉の共同体（村）に育まれた「女の」友だちは全員尻込みするから、行くとなったら「女が一人で」にならざるを得ない中、無力な未性年が、見に行「け」るか!?

そのうえまだある！　時間的な枷が経済的枷と合体するのだ。

無力な未性年が、〈草津より向こう〉の、仮にNHK朝ドラ『スカーレット』の舞台、信楽に住んでいたとしよう。そこから河原町まではGoogleマップのルート案内で「50分」だ。憎いみうらが自宅から河原町に行くには36分。50－36＝14分。朝ドラの放映時間より短い時間差にすぎない。

すぎないはずなのに、はずなのに、未性年は電車移動しかできない！　Googleマップのルート案内で「電車マーク」を選ぶ。かかる時間は「1時間57分」！　一気に1時間43分も増える。忍者が潜んでそうな鬱蒼（うっそう）とした線路を走る電車やバスの本数が少ないからである。

同年に生まれ、同じAB型で、同じ一人子なのに、京都のみうら未性年は『エマニエル夫人』を公開時にやすやすと見に行「け」、後年に、「おれらなんかだと、やっぱりエマニエル夫人なんですよ」とユルやかに語って、同世代の人々に10000ジイドの共感をされ、「みうらじゅん、おもしろいね」と「いいね」を10000個付けてもらえる。

かたや、同年に生まれ、同じAB型で、同じ一人子なのに、滋賀のヒメノ未性年は『エマニエル夫人』を公開時には見に行「けな」かったため、大学を卒業してから、遅れに遅れて初めて見て、「終わった後に女子トイレに行ったら、女子はだいたいトモダチの女の子と二人で映画に来るから、あちこちで、『つまらなかったよね』という感想を言い合っている声が聞こえてきた」と歯切れ悪く語って、歯切れ悪さの中に思いを詰め込みすぎたあまり、同世代の人々に1ジイドの共感も得られない。

「世代限定の〝ぴん〟」といえば、京都と滋賀は（＝みうらとヒメノは）、近畿放送『スタジオ300』を聴き、火曜担当の尾崎のちーたんがりりぃに語る艶笑ギャグに未性年的聞き耳をたて、

艶笑ギャグとは古い言い回しだが、ちーたん（尾崎千秋）のエロ談には節度があり、艶笑ギャグという言い方がフィットしていたので。

『スタジオ300』が『日本列島ズバリリクエスト（ズバリク）』になってからは、ちーた

んのかけてくれるサンドラ・ジュリアンの『ジャングル・エロチカ』を聴き、『スクリーン』『シネロマン』のグラビアページの、クリスチナ・リンドベルイの、童顔なのに108センチのおっぱいに、京都&滋賀の二人とも、同じように瞠目したはずなのに、その未性年時の、ワクワクとどぎまぎを、京都はTBSラジオ『安住紳一郎の日曜天国』で、毎年ゲストに招かれ、滔々と語「れ」、安住紳一郎アナと中澤有美子さんに拍手喝采され、ラジオの前のリスナーのみなさんに大ウケし、10000ジイドを得る。

いっぽう滋賀は、同番組を毎週欠かさず聴き、リクエストのはがきやメールも出すが、リクエスト曲はかからず、ゲストにも招かれない。

断っておく。アイツは『サワコの朝』に招かれるのにワシは招かれん、というような愚痴ではない。『サワコの朝』(的なる番組)には有名な人、話題の人が招かれる。よってワシが招かれないのは自然な事態である。しかし、『日曜天国』のゲストは、有名度は問われないのだ。何かにいかに執着しているか、その執着ぶりを重視されて招かれるのである。「昭和の銀幕を飾った美人女優にうっとりした」ような人より、「昭和のガソリンスタンドが年末に顧客にくれたヌードカレンダーを、おっぱいと尻の形のタイプごとに分類して、ガソリンの種類との関連があるのか、押し入れで見入った」ような人が選ばれて招かれるのである（注・性的な話をするゲストコーナーではない）。おっぱいと尻への関心では、みうらと競（せ）るはずだが、京都は招かれ滋賀は招かれないと言っているのである。

諾（はい）。これはみうらのせいでも、『日曜天国』関係者のせいでもない。くりかえすが、女が女のおっぱいやケツにエロく熱い視線を向けていた話をしても、ウケないのである。

「なんか、そういうもん」なのだ。

「なんか、そういうもん」という理不尽な事象については、「京都出身か滋賀県出身かのちがいである」と理不尽に決めつけて、気をおさめたくなるじゃないか。口笛吹いてさ。

光あるところに陰があるのさ。さ、さ、サスケさ、おいら男さ。少年忍者さ。

6 忍びの滋賀 ～ミウラとヒメノ～

前章で「記入ハッと世代」と命名した世代には（「やっぱり『エマニエル夫人』なんですよ、おれらには」と言う世代には）、今なお色褪せることなく鮮やかに記憶されているナレーションがある。アニメ『サスケ』のオープニングだ。

【光あるところに陰がある　まこと栄光の陰に　数しれぬ忍者のすがたがあった　命をかけて歴史を作った陰の男たち　だが人よ　名を問うなかれ　闇に生まれ闇に消える　それが忍者のさだめなのだ　サスケおまえを斬る】

学校の勉強でやったことは大半を忘れているのに、こういうナレーションは「記入ハッと世代」になってもスラスラ出てくるのはなぜだろう。効果音まで鮮やかに耳に蘇る。

琵琶湖が滋賀にあると知らない人が首都圏には多いが、甲賀が滋賀にあると知らない人はもっと多いかもしれない。

「光あるところに陰がある　まこと京都の陰に　数しれぬ甲賀忍者のすがたがあった」

と替え歌ならぬ替えナレ*したくなる。

令和の今、出回っている『壁蹴りサスケ』というゲームは、どう見ても『サスケ』のシルエットに見える。太い足首での素早いアクションパターンが、「おれら」には、サスケがオープニングで見せていた数々の素早いアクションパターンと同じに見える。だが、このゲームをするような世代は、高度経済成長期アニメの『サスケ』など見たことも聞いたこともないだろうから、両者の類似点に気づかないだろう。闇に生まれ闇に消える忍者の宿命（さだめ）……。

『サスケ』より数年早くTV放映された『風のフジ丸』に対して、「こんな人がお兄さんだったら」と淡い憧れ心を抱いた滋賀の女児は、ほんの数年後の『サスケ』には、「こんな子が弟だったら」と濃い慰め心を抱いた。イニシアティヴをとってもらいたい願望→とりたい願望へ。女児なので男児よりマセるのが素早く、実写の海外もの連ドラでアレックス・マンディ（スパイ）を知ってしまうと、アニメの同業者（忍者もスパイ業）は、一気に小僧になる。

サスケは実にかわいい小僧であった。あの、くびれのない太い足首のレンコンみたいな

*替えナレ＝替えナレーション

足で、小川の左岸と右岸をシュッシュッシュッシュッと素早く交互に跳びながらこちらに向かってくるオープニングは、「コローッ、おいでーッ」と叫ぶと、一心に私のほうへ駆けてきてくれる（当時家で飼っていた）雑種犬のようで、胸がキューンとなったものだ。

こうしたしだいで、おれら（＝エマニエル世代）が小学生だったころは、忍者ものが大ブームだった。大人のあいだでいち早く山田風太郎の『甲賀忍法帖』が大ヒットし、司馬遼太郎の『梟の城』が直木賞を受賞したのにやや遅れる塩梅で、子供のあいだでは既述の『風のフジ丸』『サスケ』のほか、『伊賀の影丸』『忍者部隊月光』『ワタリ』『忍者ハットリくん』等々、ことごとくヒットした。後年の『伊賀野カバ丸』『ＮＡＲＵＴＯ』のヒットの背景には、こうした作品群があるわけである。

ふしぎだ。忍者ブームの時に、なぜ滋賀県は一気に脚光を浴びなかったのだろう？　なぜ一気に観光客を倍増できなかったのだろう？　なぜ一気にブーム県にならなかったのだろう？　また、伊賀に比して甲賀の知名度が低いのもなぜなんだろう？　大人になってから、だれかに出身地を説明する時、

「忍者で有名なところ」

と言うことがあるのだが、ほとんどの人が、

「伊賀なんですね」

と返してくる（忍者で有名な土地がわからない人は除くとして）。

なぜなんだろう……と考えていて、これについては、タイトルに名前が入ったか否かの差であろうと答えを出した。

ヒットした忍者もののうち「甲賀」という地名がタイトルに入っているのは山田風太郎の『甲賀忍法帖』だ。だがエマニエル世代が小学生のころには漫画化アニメ化されていない。ずっと後年に漫画化アニメ化された時には『バジリスク』がメインタイトルになっている。かたや『伊賀の影丸』ははじめから漫画で、「伊賀」という地名がずばりタイトルに入っている。後年に出た『伊賀野カバ丸』もタイトルにずばり入っているうえ、主人公の名前は伊賀野影丸だ。そのせいなのか、『風のフジ丸』まで、大人になると『伊賀のフジ丸』とまちがえて記憶に残している人もたまにいる。

白土三平先生が『サスケ』を『甲賀のサスケ』にしてくださっていたら（ついでにコミックスの装丁は平野甲賀先生がしてくださっていたら）、「忍者で有名なところ」というヒントに対

する世の人々の答えも、「伊賀」と「甲賀」の半々になったのではないか。

《近江商人はころんでもタダでは起きない》と悪口を言われるが、そうかなあ。どうも、なにかそういう、どこかこういう、「あえかでとるにたらないような不運の累積」が、滋賀には続いているような気がするけどなあ……。《近江商人はころんでもタダでは起きない》にしてからが、逆境をプラスに活かす知恵と根気を褒めていることばでもあるのに、滋賀県に住んでいたころ、たびたび大人たちから「うちらは、ほかの県の人からは、こんなふうに言われてるんやで」と聞かされ、小中高を通じて「そうなんや、ショックやわあ」みたいにマイナスに受け取っていたのだし……。

同年に生まれ同じＡＢ型で同じ一人子（ひとりっこ）の……と、もうこのページまで読んできてくださった方には、おなじみのフレーズになったと存じますが、みうらとヒメノはもちろん『仮面の忍者・赤影』も見ていたのである。

だが人よ、差を問うなかれ。京都（のみうら）は、

「青影（子供忍者）が、近くに住んでいるらしいという情報が流れてきて、クラスのやつらと見に行ったんですよ……そしたら、ほんまやったんですが、そこは団地で……」

などと貴重な体験を、後年、ラジオ『安住紳一郎の日曜天国』で語「れ」、安住紳一郎と中澤有美子と、ラジオの前のみなさんに大ウケし、滋賀（のヒメノ）は語「れない」。なものだから、

「赤影の役をしてはった人は、どっちかというたらバタ臭い二枚目やったのに、仮面をつけはると、黒い面から出る、目と鼻の配分で、妙に黄色人種の骨格を強調してしまうことになって、なんや違和感あったんです」

と小学館新書に、歯切れ悪く綴るものの、1ジイドの共感も得られない。

（京都の）陰に生まれ、（京都の）陰に消える。それが滋賀の宿命（さだめ）なのだ。みうら、お前を斬る、とは言わない。言えませんよ。めっそうもない。同じ「きる」でも、「恩にきる」ですよ。

とびだし坊や[*]。これが滋賀県名物なことを、全国に知らしめてくださったのは、京都生まれのみうらじゅん。くーっ……、みなさん、このあと、「まったく憎いね、みうら」と続くと思っておられることでしょうが、ここにきて、腰を抜かしそうな事実が判明した。みうらじゅんは、私と同じ1958年生まれではなく、嘘の1958年生まれであった。

＊とびだし坊や＝とびだしてくる人への注意を促すために道路に置かれた平面板の人形

みなさんよりも、だれよりも、私が腰をわなわなさせてショックを受けた。みうらじゅんは、1958年2月1日生まれなのだった。中3トリオが中3だったとき、高1だったのである！　1学年上だったのである。「同い年」というのは「同学年生まれ」のことだ。学年が大事なのだ。それが感覚というものだ。嘘の1959年生まれの山口百恵は、だから中3トリオなのである。もし、アンドレ・ジイドが生きていて、この主張を聞いたら、Je suis d'accord avec toiと1000000ジイドだ、ぜったい。

であるからして、目上の方には正しく御礼申しあげる。

とびだし坊や。これが滋賀県名物なことを、全国に知らしめてくださったのは、京都生まれのみうらじゅん。くーっ、お憎いね、みうら先輩！　いやぁ〜、お憎くおすえ、京都。おニクがおいしおすえ、滋賀。

しなしなりんと京都の陰（カゲ）に忍び、柳に風をモットーに、これが、これからの滋賀の、忍法カゲ奮進。

傍線部分は『サスケ』のオープニングナレーションのもじり

第4章

これからの滋賀に
——さきがける地方都市として

ダサい。

臭い。

歩けない。

離されている。

滋賀県はこのユーツを抱えている。このユーツは、他のほとんどの県も同じように抱えている。

ユーツは漢字で書くと憂鬱だ。問題とか課題とか懸案事項などよりユーツと表記するのである。「なんとかならんもんかのう」というユーツ。憂鬱という画数の多い熟語にすると、かえって実質からズレてしまうように思うのだ。

ダサくて、臭くて、歩けなくて、離されている。

この四つのユーツを解決するか払拭するか、なんらかの手だてを講ずれば、滋賀県は（このユーツを同様に抱えた他県も）将来的に、わが国における居心地のよい土地のモデルになるのではないか。

1　ダサい

ダサさは都の位置から測る

「しっけいな、あなたは滋賀県が（翔んで）埼玉のようにダサいとおっしゃるか。みながみな、わが滋賀をダサいと思っていると断定されるか。とっとと東京に出ていって滋賀に住んでもいないくせに勝手な評価をせんでいただきたい！」

お茶の水博士かケン一（イチ）*さんのような口調でお怒りになった方がいたとしたら、その怒りにこそ、人がとある県（土地）に対して「ダサい」と感じる心理がある。

滋賀県はダサいのである。

理由は、中央（都）ではないから。

だから青森県も沖縄県もダサい。正確には「ダサいことになる」のだが、「ことになっ、ている」という状態に対し、人は次第に考えなくなる。馴致（じゅんち）させられるのである。この

＊ケン一さん＝手塚治虫作品の正統派主人公キャラ

近年、「食べる」という部分を「いただく」に変換さえすれば正しくなるのだと、得意満面に鵜呑(うの)み変換している人が多いが、あれも考えない馴致の例である。

滋賀県は、天智天皇の御世にはダサくなかった。都だったから。

だがダサくなかった年月が短かった。

だから奈良のように、ダサくなっても、そのことをあまり気づかせない県になれなかった。奈良はダサくなかった年月が滋賀より長かった。

東京は徳川幕府が機能し始めるまでは、ダサかった。機能して以降は長々とダサくなくなった。京都は「都は今でも京都どす」と言うが、言えば言うほど、やはり中央は東京なのだと人々に感じさせることになる。だが気づき気づかれても、そんな気づきは完全無視して「今でも京都どす」と言い続けている年月が長いと、「ハイハイそやそや、そうしとこな」と、もう煩(うるさ)くなってきて馴致してしまう。石の上にも尻三年、ヒつこさ千年、百貨店は万代だ。根負けの馴致だ。

ヒつこい手法はさておき、じっさい京都は中央であった年月が長かった。『源氏物語』は京都が都だったピーク時に書かれた。

橋本治が都からの距離とダサさの比例について、『ぬえの名前』でまとめている。光源氏は兵庫（須磨）に左遷させられることになって「イヤ」と思い、兵庫在住中は「イヤ」と思って過ごし、京都に戻ると、兵庫にいた時のことは「イヤだった」と言う、と。光源氏が兵庫をなぜイヤがったかといえばダサかったからで、なぜダサいかといえば都から離れているからである。

イヤで、イヤだなあで、イヤだったと、光源氏の兵庫県についての吐露を（兵庫県の一部地域についてとはいえ）、兵庫県民はいかなる気持ちで読まれるのだろうかと胸が痛むものの、「それでも、そこで新たに女（明石の君）を作って、子供も産ませてるじゃん」と、横浜市中区生まれでもない滋賀県生まれが、じゃんと思うのは、『源氏物語』には「近江の君」が出てくるからである。

滋賀県生まれの近江の君は、源典侍（げんのないしのすけ）、末摘花（すえつむはな）と並ぶ「源氏物語・笑われキャラBEST3」の一人である。源典侍・末摘花・近江の君は、読者に笑われるためだけに、この世界的大長編に出てくるキャラだ。

京都洛中が最もダサくない土地だった時代には、男女雇用機会均等法だの、セクハラで訴えるだのは当然なく、女は「男にとっての女としての価値のモノサシ」で測定されていた。女自身も、この男製のモノサシで女を測定していた。

このモノサシは「源典侍度」「末摘花度」「近江の君度」の3点で女を測るように作られている。これら3点の数字が小さい（低い）ほど、女としての評点が高い。

このモノサシは現代でも（密かに）用いられている。

「源典侍度」＝年のとり度　「末摘花度」＝ブス度　である。

現代でも密かにモノサシが使われていることには、男性はもちろん女性も知っている。男性にもこのモノサシは用いられているが、女性よりは目盛りに幅がある。

さて、当節で語るのは、残る「近江の君度」である。

これは□□度である。
□□と伏せるのは、源典侍＝年をとった女、末摘花＝ブスな女、のように現代でもストレートに翻訳できることばがないためである。
『源氏物語』の時代には□□の中には「下品」という語が入った。現代では□□の中に入る語が何なのか、男も女もわからない。

下品は上品の反対の状態であるが、上品という状態が、現代日本人（の大半が）理解できない。上品なことや、上品な人に対して憧れたり尊敬したりする感受性が、いつからか日本から消えていった。いつから消えていったのかはわからない。わからないが、確実に消えた。

なもので、値段が高くて製造会社名が大きく表示された鞄を持ち、値段が高くて製造会社名がすぐわかる靴を履いて、値段が高くて製造会社名の入った服を着て、髪を長くしている女性と、値段が高くて製造会社名が大きく表示された鞄を持って、値段が高くて製造会社名がすぐわかる靴を履いて、値段が高くて製造会社名の入った服を着て、値段が高くて製造会社名がすぐわかる時計をして、値段が高くて製造会社名がすぐわかる車に乗っている男性を、上品なのだと思うように馴致させられた。

馴致したのは商売上手の、鞄靴時計等々の製造会社ならびに広告代理店である。現代日本の子供たちも親たちも、塾通いとネイルで手一杯だ。上品な所作や優雅なことばづかいを学ぶチャンスが、家でも幼稚園でも小中高校でも大学でも会社でもないから、しかたがない。目的を果たすためにガシガシ他人を蹴落とすようなすばしっこさはクレバーだとか頭の回転が早いだとか、むしろプラスに評価される。

なもので、現代日本では、「上品」とは、数行前のような外観状態（値段が高くて……）のことになる。

それでも、三田明が『ごめんねチコちゃん』を歌っていたころだとまだ、数行前のような外観状態は、成金とか虚栄家と陰口を叩かれた。

ところが現代では、マクドナルドのセットメニューさながら、「はい、これ」と示されたものが「上品ということになっている」。

なもので、近江の君が、早口なこと、大きくてよく通る声だったことで、下品だとされているのが、現代日本人には「へー、なんでー?」となってしまう。早口で声が大きい婦人は、現代にはたくさんいる。とりわけ芸能界で人気者になるのは、こういう婦人ではないか? 早口で声がよく通ると、現代では「明朗」「元気」と感じられる。

だが、『源氏物語』の時代にはそうではなかった。近江の君は、下品度の尺度であった。

さて、早口・よく通る声についての感じ方が、過去と現在ではちがうという話をしたいのではない。下品であることイコール滋賀県出身。この話をしている。

近江の君は、滋賀県の町で生まれ育ったので話し方や所作が下品になった、と説明されているのである。『源氏物語』では。

紫式部はJK(女子高生)時代、福井県のタクシードライバーに対して無礼千万な和歌を詠み、就職(宮中入り)したら今度は、滋賀県に対してこれだよ。「もう競技かるたしても『めぐり逢ひて』の札はとってやらんわいッ」と滋賀県民が思うのもあたりまえだ。

めぐり逢ひて　見しやそれとも　わかぬまに　雲がくれにし　夜半の月かな
（詠み人＝紫式部）

『源氏物語』の構想や原稿書きを、紫式部は、滋賀県の石山寺でしたというから、そのころに小女役を仰せつかった婦人が、よほど早口でキンキン声で、紫式部をして「ウルサイわねッ、その上、気が利(き)かんッ」と思わせたのかもしれない。

平素は御簾(みす)越しに対人していたこの時代、対人相手からゲットできる情報は「声」「ことばづかい（話し方の雰囲気）」「（和歌などを書いた）文字」「御簾越しにチラ見えする衣服の色合わせ具合のセンス」「チラ見えする黒々とした長い毛髪」「練り香のかおり」だった。

なかでも「声とことばづかい」はパンチが大きい。TVやラジオもないから（上品なことばづかいや所作を模倣するツールがないから）、内裏↓御所の外↓一条通り↓二条通り↓三条通り……と距離が離れるほど、内裏での「声とことばづかい」から逸れていくわけで、となれば、滋賀県のことばづかいと所作（発声や、しぐさ）は、下品じみていると、内裏で過ごす人には感じられた。『源氏物語』のヒットにより、滋賀県の所作は下品でことばづかいもNG、すなわちダサいとマスコミ報道されたようなものだ。

現代なら近江の君はCM女王

現在では、方言については東北・関東・関西・九州・沖縄の大雑把な区分があるだけで、「ことばづかい」という細かな部分になると、地域差というよりも成育環境差の影響のほうが圧倒的に大きく、ここに世代差影響も加わり、同じ滋賀でも、同じ京都でも、同じ大阪でも、「ほんまに同県（同府）？」と思う人と会うことがたびたびある。が、紫式部がブイブイ言わせていたころは、滋賀と京都（の内裏や洛中）では、滋賀のことばづかいは、都から離れている地域ゆえの笑い種だった。ことばづかいが品を決定する大要素だった時代にあって、都から離れているとは、そのままイコールダサいであったのである。

交通機関が未発達だった当時、菅原孝標女曰くの「東路の道の果て」である千葉や、「なほ奥つ方」の茨城県石岡市あたりのことばづかいとなると、もはや他言語なのである。内裏にずっといられる人（現地赴任せずにすませられる身分をゲットしている人）は、他言語を耳にする機会はない。耳にしたらしたで、それは「あやし」だ。逢坂の関のチョイ向こうだとかチョイ天の橋立のあたりだとかくらいが、耳にする機会のあるチョイ変な同言語であり、同言語であるゆえにチョイじゃなく理解できるから、ダサいのである。

都から離れているからダサい、とはこういう意味で言っているのであって、「アトムや」のお茶の水博士や、「やめたまえ」のケン一さんのことばづかいが、ノスタルジックにも上品だと感応できる紳士淑女には、やみくもな自嘲ではないことがわかっていただけることと信じる。

やがて中央（都）が東京になると、東京から離れているゆえに大阪弁は下品となった。これも正確に言うと、下品ということになった。東京から離れているゆえにことばづかいが異なり、その異なりを下品だと感じる反応が、中央集権国家体制の何世紀かのあいだに人々のあいだに染みてゆき、離れているという距離感＝ダサい度だと同視する人の心理が、大阪弁を「『でっせ』って言う関西オヤジ弁」だと反射的に位置づけるのである。位置づけがなされたところに、吉本興業の手練手管（京都が「今でも都どす」と言い続ける手法にも似た）で、吉本芸人を電波で見せて見せて見せ続けた。

続けた結果、現在は、「ダサいことを最も嫌う時期と性」である「若い女のコ」が、（関西出身でないのに）関西オヤジのようなことばづかいをすることがイケててカワイイのだと、鵜呑みにしているありさまである。

このありさまはどういうことかというと、『源氏物語』時代のモノサシでいう源典侍度が低い（＝若い）ことで、末摘花度（＝ブス度）が大幅軽減された、世の中の花の時期にある女のコが、「ワタシが、オヤジ（若くない男）のことばづかいをしているのよ、どう、アバンギャルドじゃないこと」という、自らの花ぶりを見せつけるアクセサリーとして利用できるようになった、ということである。

ああ、近江の君よ、世が世なら、そなたはバラエティ番組で人気抜群になり、「近江ちゃんの強みは同性からの支持があることだ」などと評され、「意外にもお父さん*がエライ人」などというウェブサイトでＤＡＩＧＯとか石原良純などと並んで画像表示され、ＣＭ

＊近江の君の父親は、光源氏の親友である頭中将

出演オファーもたくさん来たろうに。

残念と嘆いているだけでなく、滋賀県も、若い女のコを見習ってはどうかと思うのだ。若い娘というのは花の時期ゆえに強気である。彼女たちを見習ってはどうか。彼女たちが、自らの花ぶりの誇示として大阪弁を利用するように、滋賀県も京都を利用したらよい。

近江の君の残念は、生まれ育ちが内裏のある京都からチョイ離れていることだった。なら数千年の時を超えた現在は、京都からチョイ離れをアクセサリーにしたらよい。数千年の昔、近江の君（の出身地）が「ちょうどダサいと感じやすい離れ度」だったのなら、数千年を経て交通網が大発達した今なら、「ちょうどステキな離れ度」だと誇示できる。

須磨と協力して不動産キャンペーンを

マンションポエム（分譲マンションの広告に入っているコピーのこと）に詳しい大山顕さんが、2019年2月にTBSラジオ『安住紳一郎の日曜天国』に出演されたとき、東京青山、練馬のほか、京都の物件についても紹介されていた。

◇平安京の中心部に位置して平安を偲ぶ
◇この国の中心を担い続けてきた洛中
◇京都1200年　邸宅の系譜
◇この地で出会うのは千年の都が大切にしてきた内なる時間
◇時代の覇者たちはいつもここを目指した　全方位へ足回りはつながっています

読めばおわかりのとおり、これらのポエムはすべて「都は今でも京都どす」の手法で作成されている。

今でも都は京都であるのなら、滋賀県は「奥都（おくみやこ）」ではないか。

渋谷駅周辺ではなく、すこし歩いて奥まった住宅街に近いエリアは「奥渋（おくしぶ）」と呼ばれて、大人向きの店や通向きの店が集まっている。「奥なんとか」「裏なんとか」という言い方は、「裏原宿（JR原宿駅の竹下通り側ではなく原宿通り、旧渋谷川遊歩道側）」や「日吉裏（ひようら）（日吉駅の慶応大学校舎側ではなく商店街側）など昔からどこでもあった。当然『源氏物語』の時代にもあった。「六条あたり」という言い方だ。

一条→二条→三条……と内裏から離れていくわけであるが、いっそ六条あたりまで離れてしまうと今度は、貴人の別宅などのあるお忍びエリアでもあったのである。『源氏物語』中、女性読者の人気ナンバーワンともいえる六条御息所（かつて岩下志麻が妖艶に演じた）のグレースフルでソフィスティケイテッドなお住まいがあった。

現在の京都は当時とは比較にならないほど人口増加して交通網も整っているから、「奥」だとか「裏」だとか「お忍び」だとかいうエリアは六条あたりではなく、ちょうど滋賀県だ。「なんで東方向へ奥まるんだよ、六条は内裏から南方向へ奥まっていったところだろ」という反論はスルーして、西方向に奥まった須磨人とともに、東西で団結して、ともに「奥都イースト」「奥都ウエスト」で行け。

須磨のみなさん、光源氏が明石の君に産ませた子を「須磨なんかで育てたらダサい女になってしまって困るからね」との旨、言うくだり、ハラが立ちませんでしたか。あんなことは21世紀にはもう言わせてはなりません。

滋賀県の草津（南草津含）は、近年、人口が目立って増えているエリアで、マンションも多く販売されている。今後のマンションポエムには、

◇奥都、洗練のみやすんどころ

◇ 令和のトカイナカ最先端

たとえば、こんなふうなフレーズを使ってもらうよう県民そろって、県内の不動産業者に働きかけ、ラジオCMやネットCMで、滋賀県出身のアナウンサー（野村正育さんなど）にポエムを読み上げてもらい、その後、滋賀県出身のミュージシャン（西川貴教さんなど）に、『近江八景』の小気味よい七五調にメロディをつけてもらい、歌（タイトルは『UTA(うた)おくみやこ』など）を作ってもらう。

それから県内でオーディションしてガールズユニットをデビューさせ、はじめはYouTubeから知名度をあげてゆく。まずは草の根運動的プロモーションからだ。

ガールズユニット二人の芸名は、近江まいこ&高島マキノ。近江まいこが、ボーカルと楽器はもちろん琵琶。高島マキノが篳篥(ひちりき)と鉦鼓(しょうこ)。雅楽とタカラヅカ歌劇の合体風味で、ボーイッシュなヘアメイクと服で、間奏中には青海波(せいがいは)を踊ったりする。夏には近江舞子*で近江まいこが水着撮影会。三味線みたいな新しい楽器は使いません。

＊近江舞子、高島、マキノ＝いずれも滋賀県内の地名

2 臭い

臭さ放任の時代もあった

次のユーツはタバコ臭いことである。

このユーツは東京もまだまだ抱え、大阪も京都も名古屋も、横浜でさえ抱えているのに、これらの都市より小さい市では100％に近く抱えている。

臭いものは、かつてはタバコ以外にもいっぱいあった。そもそも人がみんな臭かった。

近江の君がダサいと笑われていたころ、《この国の中心を担い続けてきた洛中》の内裏に出入りするような貴族は入浴しなかった。毛穴のアカを洗ったりなどするとそこから悪いものが入ってくると信じ、包茎の貴人などは《千年の都が大切にしてきた（皮の）内なる》残滓も風雅とし、体臭とブレンドさせて「香道」ゲームを発案し、香り当てクイズをしていた。時代が進み、貴人は認めないが江戸が都になったとて、江戸時代の入浴方法は、現在とはちがって衛生的とは言いがたく、現在の入浴方法に、まあまあ近くなった大正時代以降でも、朝シャン、毎日洗髪など、【なっちょらん】だったし、しようにも、できる浴室設備が各戸になかったたし、昭和に入って阿部定が情夫のペニスを切り取って油紙に包んで下腹部に帯でまきつけたまま、「イヤん、先にシャワーを」はナシでいきなり金銭的パトロンとセックスしても、そのパトロンの嗅覚たるや「なんだか、きみは今日、ちょっと臭うよ」とつぶやいた程度ののんきさで、「のんきすぎるだろ！」と思うのは、ありとあらゆる臭さがあたりに充満していた日常を知らぬ時代に生きる者たちだけだ。

なっちょらん＝大正時代の流行語。なっていない、の意。

やっと現在の入浴方法とほぼ同じになった戦後ですら、その回数は週2くらいが関の山。毎日、入浴するなど、【とんでもはっぷん】。

とんでもはっぷん＝戦後の流行語。とんでもない、の意。

時代がさらに進んで、中3トリオや新御三家の郷ひろみ・野口五郎・西城秀樹が人気だったころ、すなわち「記入ハッと世代」がティーンだったころでも、洗髪は週2が平均で、毎日髪を洗うと髪が傷むからよくないと若くてカワイイ女のコたちは信じていた。なもので、戦後の日本人にプライドをよみがえらせた三国同盟国（イタリア、ドイツ）の映画祭で大賞を受賞した黒澤明監督の、その息子の、最初の嫁（林寛子）が、花王フェザーエッセンシャルシャンプー&リンスのＴＶＣＭで「毎日シャンプーしたっていいんです」と言ってのけた時には、次の時代の流行語のように【うっそー、ほんとー】と驚いた。

うっそー、ほんとー＝バブル期ちょい前の流行語。

入浴・洗髪の様子一つとってもこうなのだから、ほんのバブル期くらいまでは、人の体臭は目立たなかった。日常生活にありとあらゆるニオイが（瘴気が？）、かつては充満していたのである。

なにしろトイレが汲み取りだったから、どの家にも室内に糞尿のニオイが漂っていた（トイレに近い部屋ほど臭かった）。肥やしに人糞を用いたから道を歩けば糞尿の臭いがした。

公共水道は完備されておらず、家々は井戸水だった。つるべで井戸水を汲み上げたり、大阪万博のころでも、井戸に木の蓋をしてポンプと蛇口をとりつけた「なんちゃって水道」の家はごろごろあった。そもそも、台所に行く、台所に立つというような行動のためには、座敷や食事をする居間から、直接の移動ができなかった。台所は土間だったから、靴や下駄を履かねばならなかった。男が家を発注し、男が家を建築するから、男がでーんといばっている部屋が最も明るく、野菜を洗ったり魚を煮たり、細かい作業をせねばならない（本来なら明るくあるべき）台所は暗く、足元は土で冷え、窓といえば採光機能が果たせるのやら首をかしげたくなるくらい高い高い天窓しかなく、必然、食中毒、寄生虫、黴（かび）が多発し、台所の隅に積み上げた芋や葉物はよく腐り、腐臭を放ち、腐臭を放つそばにぬか漬けの桶（おけ）があり、化学変化としては同種の腐臭を放った（発酵臭と、こちらは呼ばれたが）。鼠（ねずみ）が家中をちょろちょろ駆け回るのは日常のことで、目を離した隙に赤ん坊がどぶ鼠に顔をかじられることもよくあった。

高度経済成長期になったらなったで、工業地帯では窓から工場の臭いが、工業地帯ではない農村部でも、家ゴミを敷地内の隅に窪みをこしらえて焼いたりするから、生活用品におびただしくまじるようになったプラスチック類※が燃える臭いが、屋外でも屋内にいても漂ってくるようになった。道という道には、業務のためだけでなく、個人が個人のために乗る車からの排気ガスの臭いがつねに漂うようになった。

※肉やおにぎりを包む竹の皮に代わってプラスチックシート、豆腐屋から自分ちの鍋で受け取るのに代わったプラスチック箱、紙袋

にもみ殻を入れたのにそうっと入れてもらって家まで持ち帰った玉子も、立体型のプラスチックパックに収まった。駒、めんこ、積み木、凧、といった子供用の玩具もまたたくうちにプラスチックに代わった。子供は飽きっぽいから、飽きられた玩具はすぐに各家庭でゴミとして焼かれた。

イナカで「やめて」は言いにくい

しかし現在は、臭いものが、見かけは激減した。なくなったわけではない。さまざまな工夫がなされて目立たなくなった。それでタバコと、きょうれつ香水（整髪料、柔軟剤含む）と、体臭（口臭含む）などが目立つのである。

うちタバコの目立ち方が著しい。きょうれつ香水と体臭も目立つのだが、なぜか香水については不愉快さを口にしてはいけないという不文律に守られている。体臭については、本人の努力では如何ともしがたいものがある。

体臭については現在、効果的で、経済的にもそう負担にはならない（本人の年齢に相当の収入にもよるが）クリニックでおこなうような対処方法がいくつかはあるのだが、「なにもそんなに気にしなくていいよ」という軽度な人ほどこの方法をさっさと自らに処して治しているところをみると、軽度だからこそ他人は指摘しやすく（無遠慮な指摘をする他人もいる）、指摘されたから本人が気づき対処したのだろうと思う。すると、程度の強い体臭の人には、節度ある人なら指摘できないし、指摘されないから本人は気づかない。が、それもまたアリであろう。言わぬが花、という表現がある。ＮＯと言えない日本人の美徳のバリエーションやもしれぬと思うわけである。天然の体臭については。

かくしてタバコの臭さだけが目立ち、コレだけに文句が集中する。その理由は、タバコの有害性が明らかになったこともさることながら、ここまで述べてきたとおり、日本の生活空間から目立つニオイが減ったこともあろう。

自分自身はタバコを吸わない。タバコのニオイは料理を邪魔するから大嫌いだ。しかし、合法的な嗜好品だから（成人が）タバコを吸いたいのなら吸えばよい。「タバコを吸いたい人が吸えて、吸いたくない人が吸わないでいられること」が「自由」ということではないのかと、これまでより機会あるごとに訴えてきた。よって、不特定多数の人が乗り合わせる電車バス飛行機などや、居合わせる病院ホール学校などは禁煙でないと、ケムリは吸いたくない人の鼻にも流入していくから困るが、タクシーの場合、その空間を一定時間、客が買うわけだから、禁煙タクシーと喫煙タクシーの両方があって、利用者が選べばよいのではないかとも訴えていた……のであるが、しだいに「そうもいかないわけよ」ということがわかってきた。

《たとえば、AさんBさんCさんがタクシーに乗ろうとする。Aが喘息だとする。気の置けない友人同士なら、「喘息なので禁煙タクシーにしてくれないか」と頼めるが、Cが偉い人（接待中の取引先の営業部長だとか、先輩後輩のタテ割りがものすごく厳しい職種の、先輩に位置する人だとか）で、偉いCがヘビースモーカーで、喫煙タクシーを希望したら？ 喫煙車に乗らざるをえなくなる。

Aがタクシー内で激しい喘息発作をおこしてゲホゲホ咳こんでも、偉いCは「喘息なら、はじめにそう言ってくれたらよかったのに、こりゃ悪かったね」などと言うどころか、「咳ばかりしてつまらないやつだ」と不機嫌になるかもしれない。そうなったら困る人が多くて、タクシーはいっせいに禁煙になったのではないか。》との旨、近著に書いた。

偉いCは、疾患等の理由でタバコをそばで吸われると苦痛な人がいることが想像できないわけだが、なぜ想像できないか？

問題はタバコにかぎらないのだ。「これは困ります」「これはやめてください」という「意見」を、自分がだれであるかが明らかになった場所で示すことが、日本人にはきわめてユーツな言動だからだ。明らかになっていない匿名掲示板などで示す時は、うってかわって遠慮がなくなり攻撃的になる。

「これは困ります」「これはやめてください」と相手に示す、日本人にとって実行ユーツなる言動が、最も多くおこなわれている（国内の）土地は、東京だ。人口が最も多いからだ。人口が多いので、この言動を実行する人数も多くなり、結果、「そうか、タバコというのは臭いのか、迷惑なのか」と、（やっと）気づく人や、（不承不承で）同意する人も多くなる。言う人が少ない土地では、気づく人も少ない。

京都にすら「禁煙」の店がなかった

ここで、ふたたびタバコに話をもどす。岩手県、長野県、新潟県、大阪府、兵庫県、愛知県、静岡県に所用あり出向いたおりの食事時に「禁煙の店」を探そうとしたが、一軒も見つからなかった。「キンエンの店?・」と、「キンエン」という謎のグッズを売っている店のように思われ、「禁煙」を指すことすらわかってもらえなかったこともよくあったし、「禁煙の店なんて○○県（訪れた県）にはないでしょうね」と、おかしなものを探している人を見るようなまなざしで気の毒そうにも、きっぱり言われた。

こちらもきっぱり言わせていただくが、京都でさえ……、いいですか、京都ですよ、京都ですからね、《平安を偲ん》で、《この国の中心を担い続け》て、《千年の都》で、《時代の覇者たちがみな目指した》京都でさえ、「禁煙」で飲食店検索サイトで検索すると一店舗もヒットしなかった。

「大袈裟な」と思われるだろうが、すこし前までは本当にこうだった。「吸いたい人が吸えて、吸いたくない人が吸わないでいられるという自由」は京都にさえなく、「吸いたい人が吸える自由」だけがあった。

2012、3年ごろからようすが変わった。

現在は、「キンエンのミセ」が「禁煙の店」であることはすぐに通じる。《平安京の中心部に位置し》て、《国の中心を担い続けて》きて、《一二〇〇年》で、《全方位へ足回りのつながって》いる京都にはもちろん、《内なる時間を大切にした》禁煙の店はちょくちょくあるし、地方都市にもある。あるにはあるが圧倒的に少ない。東京だって、京都だって、「ちょくちょく」であって、あたりまえには存在しない。地方都市となると、ようやく「分煙」の店が出始めた程度で、店内全面禁煙となると、「あったー!!」とジャンプしてびっくりするくらい数が少ない。とくに和食系の店。とくに鮨屋。

ここで滋賀県に話題をしぼる。しぼっても、おそらく他の、いわゆる「地方の町」では、だいたい同じような状況ではないだろうか。

ある時。ほんの2017年のある時。私は同級生8人と会うことになった。小規模クラス会である。幹事のAさんと場所を探した。クラス会では料理の味は二の次だ。みんなしゃべるのに夢中なので味なんか味わっているヒマはない。安くて話しやすい場所を探した。いくつもあった。だが、探せど探せど、禁煙の店がない。分煙（注・壁やガラスで仕切られた完全分煙は禁煙に含む）が関の山。

そこでAさんに提案した。「カラオケボックスにしたら?」と。東京で何人かと込み入った打ち合わせをする時、そのなかに有名人（TVによく出ている人、芸能人など）がいる場合はカラオケボックスを利用する。有名人は顔を隠せるし、禁煙だし、防音仕切りなので静かで話しやすい。子連れのママ友会でも、歌うのではなくレンタルスペースとして重宝に利用されていることをＡさんに言うと、「なるほど、そういう利用のしかたもあったか」と同意を得たので、私がＰＣで検索した。

おどろいた！！！！

滋賀県のカラオケボックスで、「禁煙ルーム」を設けているところは、県内に、1店しかなかった。しかもその1店に1ルームだけという、数で比べたらモロコよりニゴロブナより少ない。検索の仕方をまちがったのかと検索エンジンを変えて検索しなおしたり、いちいち直接電話をかけたりしてたしかめたが、「禁煙ルームというものはございません。来店されたお客様同士で、禁煙にしていただくことになります」というような旨、カラオケボックスのスタッフは答えるのであった。

くりかえすが２０１７年のことだ。東條英機が総理の時代でも、阿部正弘が老中の時代でもない。アベはアベでも安倍晋三総理で、それも第三次の２０１７年のことだ。

しかもこの年発表された、厚生労働省による「都道府県別の成人男性喫煙率」において、

「タバコを吸う成人男性が少ない県」の堂々の「第1位！」は、滋賀県だったにもかかわらず。

喫煙パラダイスか禁煙県か

にもかかわらず、である。

同年、別の用事で、滋賀県のある市に行った。そこの市役所職員（知人）とプライベートで会いタクシーに乗った。市役所職員がタバコを吸おうとした。タクシー乗車予定時間はだいたい10分だから、10分だけ控えていただけないかと、丁重に頼んだ。しかし、市役所職員は「タバコは慣れたらどもない。早よう、慣れることや」と、『月の法善寺横丁』のセリフ「はよう、立派なお板場はんになりいや」と水掛け不動はんにお願いしてくれるこいさんのように、やさしく励ましてくれただけだった。

であるのなら。滋賀県にはとるべき手段が2つある。

【A案】いっそ喫煙パラダイスになるか、【B案】公共スペース（飲食店含）での禁煙を東京（首都）もかなわぬほど徹底させるか。正反対の2つだ。

【A案】　喫煙パラダイスがウリの県になるのを県民が選ぶなら……。

滋賀県のマンションポエムならぬ、県ポエムはこうだ。

◇全県喫煙OK!
◇タバコを吸うなら滋賀県へ
◇いつでもどこでもタバコの吸える県、しがー（cigar）
◇喫煙者にやさしい湖国
◇ヘビースモーカーのみなさん、滋賀県に引越してきませんか?
◇香川県がうどん県なら滋賀県はビワコ県?　ううんタバコ県だよ♡

じっさいすこし前までは（2019年の今でも?）この状態だったので、人に勧めたことがある。『禁煙ファシズムと断固戦う!』（ベストセラーズ刊）の著者である小谷野敦さんに。「滋賀県に引越していらしたら、どこでもタバコが吸えます」との旨、ブログに書いた。目にしたご本人からの返事（ツイッター上）は「滋賀県なんか行きたくない」。

もし喫煙パラダイスにしてほしいと県民が望むなら、全国のヘビースモーカーの皆さんに、滋賀県民から移住を勧めてください。そしてタバコ県を実現させてください。実現かなったあかつきには、「滋賀県なんか行きたくない」と、こんどは私が思うでありましょうが、それが多くの県民の望みであるのなら、多数決に従います。

【B案】　公共スペースでの禁煙がゆきとどく、を県民が選ぶなら……。

滋賀県の県ポエムは、べつに奇をてらわずともよい。当章一節のとおり、「奥都」「おくみやこ」のフレーズを入れて、滋賀県の長所をさまざまな方面からアピールするだけでよい。受動喫煙防止条例をいちはやく出した神奈川県も、首都東京でも、2019年8月現在でさえ、和食系の店で飲酒をメインとする店で、全面禁煙の店を探すのは（私には）一苦労なのだから、滋賀県がもし、なにもすべての飲食店を禁煙にせずとも、50%くらいを禁煙にしただけで、「びっくりの滋賀！　注目の滋賀！　なんと滋賀には禁煙の居酒屋がある！！！！！！」と、朝日産経日経毎日読売（五十音順）新聞全紙のトップで取り上げられる。まちがいない。

都内で飲食店を仕切り禁煙にするさいに立ちはだかる問題は面積の狭さである。これは人口が多いことによる。たくさんの店が場所をとりあっているため、各店舗は狭い。そのため、完全分煙にするための壁の仕切りを設けるとさらに店内が狭くなったり、喫煙コーナーを設置するスペースがなかったりする。

その点、滋賀県の人口なら、各店舗が東京より広いので、この問題はクリアしやすいのではないか。「吸いたい人が吸えて、吸いたくない人が吸わないでいられる滋賀」をウリにしてはどうか。

3　歩けない

歩けない。

このユーツがもっとも深刻である。

全国の地方が抱えるユーツ、いや、これについてだけは憂鬱と画数の多い漢字にしたほうがよい。

とりあえず、「滋賀では」「東京では」と言う。「全国の地方町村」「全国の大都市」という意味で。

狭い日本、なのに車がないと暮らせない

滋賀―東京―往復期が長かったし、親類知人が多く暮らしている土地なのだから、他県よりはよく往復する。というか、往復せねばならない用事ができる。

そのたび悩むのは、歩けないことだ。

・滋賀県では歩けない。
・東京ではどこでも歩ける。
二行を並列すればわかるだろう。

東京二十三区内では、どこにでも家から歩いて行ける。

滋賀県では、ほとんどのところへ歩いて行けない。雨雪の日は自転車も無理だ。バイクもつらい。車なしでは生活できない。

同窓会も新年会も歓送迎会も忘年会もカラオケも、高校生かモルモン教徒のようにジュースとウーロン茶でカンパイだ。「そんなことないがな、飲んでるがな」と言い返してくるなら、それは「家のもんに送り迎えしてもらうさかい、飲めるがな」という人である。男性に圧倒的に多い。

たとえば同窓会のマルヤマくんとイシハラくん。「おう、久しぶりやな、どや、景気は」「おう、ぼちぼちや」。二人はビールをぐびぐびのみ、チューハイもじゃんじゃん飲み、女子のコイケさんに「どないしたんやコイケ、今日はえらいべっぴんさんに見えるわ。化粧が濃いせいか?」「ほんまや、わしらだいぶ酔うたわ、コイケが美人に見えるんやさかいにな」と、最低レベルの冗談（いったん持ち上げて直後に落とす）をぶつけてガハハハハと大笑い。これくらい鯨飲できるのは、滋賀では（地方では）、かなしいかなやはり、まだ男性だけだ。

飲酒しても、帰るだんになれば、来るときに「家のもん」に送ってきてもらったように、また「家のもん」に電話をかけて迎えに来てもらえばそれですむ。「家のもん」は「ヨメはん」なる女性である場合が圧倒的に多い。

「今、ヨメはんが迎えに来よるさかい。ほなコイケ、またな」とマルヤマくんとイシハラくんから言われたコイケさんが、作り笑顔なことには、男性二人は多量飲酒で気づかない。ましてや、コイケさんが、コイケさんの自宅では「ヨメはん」であることに。

「ヨメはん」であるコイケさんは、同窓会に出席してもウーロン茶である。「ヨメはん」には、迎えに来てくれる「家のもん」はいないからだ。かなしいかな、滋賀では（地方では）まだ、こうであることが、世代が上になるほど、多い。

たかが酒席、されど酒席。たかがな行動のことごとくが、車ナシではどうにもならないのなら、もはや〝たかが〟ではない。

雑誌やTVで滋賀が（ある地方都市が）取り上げられるとする。取材もしっかりしていて、文章もうまくカメラマンの腕もよい記事。番組構成もうまく、出演者もおもしろい番組。〝たかが〟かもしれない。でも、〝たかが〟だからこそ、親しみやすくてたのしい。こうした機会に、滋賀が紹介されたらイメージをアップするのに大いに役立つ。なのに残念なことに、車ナシではどうにもならない事項ばかりであることがほとんどだ。

ある雑誌が「鉄道の旅」を特集していた。魅力的な写真とともに滋賀県のおいしいところが紹介されていた。滋賀県生まれの筆者も、「そうかこんなところができたのか、行ってみよう」と強く思い、行き方を調べた。とたんに、とびだし坊やのようにとびだしてくるのは、「こりゃ車がないとなあ」問題である。

トカイ生まれのトカイ育ちの人は、

「え、だって、この人（筆者のこと）、お酒飲みたいんじゃないの。さっきコイケさんが同窓会に飲まないで出席してることにずいぶんおかんむりだったじゃない。だったら車はないほうがいいじゃん？　タクシーで移動したらいいじゃん？」

と思うことだろうが、「車がないとなあ」とは、自家用車がないとなあという意味ではない。自家用車がないとなあという意味でもあるが、「タクシーがないとなあ」という意味でもあるのだ。

自家用車やレンタカーがあったとしても、その場合は、先の同窓会の例のように「ヨメはん」がいないとならない。つまり、運転役を引き受けてくれるところの、酒をいっさい口にしない人間を随行させられる条件が自分に整っていないとならない（下戸の恋人婚約者配偶者とか家族がいるとか、秘書やお抱え運転手がいるとか）。

滋賀で（地方で）タクシーに乗るには、いちいちタクシー会社に電話をして、到着までのあいだ待って（ときには一時間くらい待って）、ようやく乗れる。これでは名曲『遠くへ行きたい』を口ずさみながら、ふらりと旅に出ることなどできない。せっかく「鉄道の旅」特集の雑誌を見て滋賀県に惹(ひ)かれてくださった他県の方々(かたがた)に行く気満々になってもらっても、新幹線から降りたらその後は、「鉄道旅行特集」であるにもかかわらず、肝心の鉄道は役にたたず、どこに行くのにも「車がないとなあ」なのである。

たかがトイレットペーパー12ロール、たかがティッシュ5箱パック、たかがミルク1ℓパック、たかが液体洗濯洗剤、たかが大根かぼちゃ、みな、たかがなものだが、かさばったり重かったりする。しかしトイレットペーパーを1つだけ、ミルク180㎖を1つだけ、大根やかぼちゃを1／8買う人は、まずいない。たいていこうしたものは、12ロールとか5箱パックとか1ℓないし500㎖とか一個という単位で買う。各々は〝たかが〟だが、各々がかさばって重い。仕事をしている人は残業があったりするから適当な日に一度に買ったりする。〝たかが〟なものを買うという〝たかが〟な行動をするのに、いちいち「車がないとなあ」であるのなら、〝たかが〟ではないではないか？

交通違反の名作標語に『せまい日本、そんなに急いでどこへ行く』というのがあったように日本の国土は狭い。にもかかわらず、現在の滋賀（全国の地方都市）は、面積広大なアメリカのように車社会である。

みんな平等に高齢者になる

滋賀－東京の往復期が長かったので、今は、「滋賀ではまず車が必要」という心づもりができている。が、往復生活が始まったばかりのころは、つい東京のように歩いて家を出て滋賀に行き、困り果てることが頻繁にあった。携帯電話がまだ普及しておらず、自分も、知人友人も持っていないころだった。

森の中の寺。広い墓場。そこに一人。本堂にもだれもいない。滋賀の寺の多くは兼業僧侶で、平日日中は僧侶も僧侶夫人も僧侶の子たちも通勤通学中だ。寺が立つ森の周辺は田んぼ田んぼ田んぼ。田植えや稲刈りの時期ではない。だれもいない。一人。雨がふりだした。公衆電話もない。バスもない。通りかかるバイクも自転車も徒歩の人もいない。ときおり、シャーッ、シャーッと車だけが走り去っていく。一人。その時の「ああ、どうしたらいいのだろう」という気持ちは、「だから滋賀県はいやなんだよ！」という気持ちに短絡したものである。

20分ほど雨の中を歩いて、びしょびしょになって、郵便局を見つけ、電話番号帳でタクシー会社の番号を調べてかける。「今郵便局前にいはるて？　そうどすなあ、25分ほど待ってくれはったら行けますわ」という返事にまたも、「だから滋賀県はいやなんだよ！」という気持ちに短絡したものだ。

「なんでー？　この人（筆者のこと）、東京生まれじゃなくて滋賀県生まれでしょう。イナカ者なんでしょう。滋賀県がこういうとこだってよく知ってるはずじゃない。自分の心理について『短絡的』だなんて客観視しているふうなこと言ってるけど、東京育ちじゃないんだから、そんな気持ちに、あらためてなるのはおかしいじゃない」

と大都市人は言うかもしれないが、昭和の滋賀と平成の滋賀ではconditionがちがうのだ。この人（＝筆者）は昭和の滋賀に生まれ育ち、大学生から東京に住んで、平成になってから往復期が始まったので、往復期スタート当初は、平成の滋賀のconditionがまだよく把握できていなかった。

中高生のころには、本数はたしかに少ないものの、計画を練って動きさえすれば「あった」はずの電車やバスが、知らないうちに「ない」になっていたのである。

「心配やわ、心配やわ」

墓場でハラハラした。

雨にふられたからでも、郵便局までとぼとぼ歩いたからでも、タクシーを長く待たされたからでもない。「ない」になってしまったわけを想像したからだ。

なぜ、「ない」になったか？

「だってもう、みんな車使うし」

これがわけだったと思うのだ。

かつて筆者が小学生だったころ（＝大阪万博前）は、自家用車を持っている人も、運転免許を持っている人も少なかった。女性の運転免許所持者となるとさらにさらに少なかった。やがて増えていって、「みんな車使うし」になった。

「みんな車使うし」なので、ローカル鉄道やバスが赤字になり、本数を減らしたり、「ない」にしたりした。

しかし、これこそ短絡的だった。

「だってもう、みんな車使うし」の状態が、未来永劫続くと思ったことが。

むろん、魔法使いでもないかぎり正確な未来予測は不可能である。だが「みんな車使うし」の状態は、そう長く続けられまいという短期予測ならだれにでもできる。それをせずに「とりあえず」、「みんな車使うし」にしてしまった。

「みんな車使うし」の状態はそう長く続けられないという短期予測は、過去現在、全世界的全人類的な、ある不変の真理を忘れなければ、カンタンにできた。

年齢ほど公平なものはほかにないことを、忘れたのである。

散切(ざんぎ)り頭も、モボモガも、アプレゲールも、新人類も、団塊ジュニアも、21世紀生まれも、全員が年をとる。人間は全員、年をとる。

大阪万博のころに小学生だった世代は、平成が幕を閉じようとする今、還暦になった。別章でこの世代を「記入ハッと世代」と命名したが、「記入ハッと世代」は、勤めに出ていない専業主婦も運転免許を持っているのはあたりまえな時代になった、そのトップランナーの世代である。

高齢者が運転免許返上しはじめたのと、高齢者の運転ミス事故がよく報道されるようになったのは、ほぼ同時期だ。かつてのアプレゲールが免許返上しだしたり、運転ミス事故をおこしたりしているのである。大阪万博のころに小学生だった世代も、いまはまだ「記入ハッと世代」だが、すぐに「どこからどう見ても高齢者」になり、つづいて団塊ジュニアも、21世紀生まれも、令和生まれも、一人残らず、公平に高齢者になるのである。

このことを考え、「心配やわ」と墓場でハラハラしたのだった。

この心配を大幅軽減するためにはどうすればよいだろうか?

自動運転車が現在のスマホのように普及するにはまだまだ年月がかかる。スマホが普及した現在でも、使いこなせない人は大勢いる。自動運転車が普及するなり皆が乗りこなせるとは想像できない。乗りこなしたとしても、別の問題が出てくるにちがいない。

これはもう滋賀県は、全国にさきがけて「マイカーナシで住める県」を目指して、地方都市の交通網のモデル県になっていただきたい。

「自転車都市」にはなりそこねた

さきがけて、に傍点をふったのは、「さきがけ」という政治政党をたちあげた武村正義氏が滋賀県八日市市（現東近江市）の市長だった時、全国にさきがけるような宣言を発案して、全国的ニュースになったことがあるからである。

1973年のことだ。どういう宣言か？「自転車都市宣言」だ。この宣言をふりかえった日経新聞2016・5・18の記事を次に引用する。

【自転車で琵琶湖を一周する「ビワイチ」の人気が高まるはるか前から、滋賀県では自転車を積極的に活用しようとする動きが始まっていた。1973年、滋賀県八日市市（現・東近江市）は全国で初めて「自転車都市」を宣言した。

宣言には「自動車万能のクルマ社会を反省し、安全で経済的で健康的な乗り物である自転車を見直し、身近な交通手段としては、自転車を優先する都市づくりを推進する」とある。決意は明確だ。同市は自転車専用の道路やレーンを設置し、市民に無料で自転車を貸し出す「黄色い自転車運動」を展開した。

宣言を発案したのは、後に滋賀県知事や細川政権の官房長官などを務めた武村正義市長だ。第1次オイルショックに見舞われ、一部には石油に頼る車社会を見直そうとする風潮はあったが、実際には車は増える一方だった。欧州への留学経験があり、環境問題への意識が強かった武村氏は宣言の立案に動いた。

武村氏は「八日市のような小さな都市なら、思い切って自転車優先と宣言できると考えた。エネルギーを使わず、経費がかからない点も市民にとって魅力だろうと思った」と振り返る。

74年の知事就任後はバイク（自転車）とエコロジーを掛け合わせた「バイコロジー」を推進。専用道の整備のほか、放置自転車問題にも取り組んだ。当時の県の交通部門の職員で、「滋賀県バイコロジーをすすめる会」代表の伊吹恵鐘氏は「琵琶湖に初めて発生した赤潮の対策と合わせ、環境保全に向けた県民運動として進めた」と話す。

滋賀県は現在、車道の路面の左側に青い「矢羽根」マークを塗装する箇所を増やしている。サイクリストに走るべき場所を示すためだ。武村知事が描いた「琵琶湖を囲む自転車専用道を整える」という構想はまだ実現していない。】

自転車都市宣言は、滋賀県在住の「記入ハッと世代」（＝「みんな車使うし」になったさきがけの世代）が百恵淳子ひろみ秀樹らにキャーキャー言ってたころにニュースになり、そんな未成年たちにも、さわやかでクリーンな宣言として注目されたものの、市民に無料で貸し出された「黄色い自転車」が町のあちこちで、ぼろぼろに錆びて放置されたままの哀れな光景ともに、しゅうっと尻切れ蜻蛉に記憶から消えていった。

方向性としてまちがっていないのに、尻切れ蜻蛉になった原因の一つは、自転車やバイクは雨風雪雷の日には不自由だったことだ。それに、これらの乗り物も飲酒時には乗ったらダメだし、身体にハンディキャップのある人は使用できなかったりするし、なんといってもこの案だって、「人は一人残らず公平に高齢者になる」が忘れられている。

たとえ自転車専用道路が全県下で整備されたとしても、若いころにはスイスイ自転車に乗れていた人が、やがて高齢になれば、長距離使用はきつくなり、運転ミスの危険もある。

琵琶湖岸の風光明媚を颯爽と自転車に乗ってエンジョイできるのはいいことだと思うのだが、それより先に、「たかがな行動」を車に頼らずできるように整備するほうが順番としては妥当ではないかなあ。

大都市住民はよく歩く

滋賀では琵琶湖のぐるりにすでに鉄道が整備されている。琵琶湖周囲をJR線が走っている。これにアクセスできるJR草津線と、ほかに私鉄線が2線ある。

「だってもう、みんな車使うし」の影響をもろに受けたのは、これらの支線3線だと思うが、これら3線がタッグを組むか、私鉄2社だけでもタッグを組むかして、ミニバス的なものを走らせたらどうなのだろう。料金徴収はイコカやパスモでできるようにするか、これが難しければ、小回りルート専用のプリペイドカードで。

湖の東西南北で、湖東・湖西・湖南・湖北のエリアにほぼ4分割される滋賀である。各エリアの中でまた2分割し、それをまた2分割しミニバスを走らせる。さらにまた2分割した小さなエリアはマイクロバスや現代人力車的なもの(=パーソナルモビリティと呼ばれる小型車。トヨタのi－ROADとか、ホンダのMC－βの類を地元企業タイアップで改良するなどして）を走らせる。

距離別ルートのほかに、病院、クリニック、ケアハウス、グループホーム、老健（老人健康施設）、特養（特別養護老人ホーム）を回るケアルート、ショッピングセンター、ホームセンター、スーパーを回る買い物ルート、コンサート会場、図書館、シネマコンプレックスなどを回るホビールート、保育幼稚園、小中高校を回るスクールルート、などと目的別ルートも設けたらよい。

湖東・湖西・湖南・湖北の各エリアにおける観光スポットは、乗合馬車ふうのミニバス（遊園地で走っているような、屋根と、腰から下の座席部分にだけ囲いがあるバス）を走らせてもよいではないか。滋賀県に住んでいたころ、びわこ学園の入所者が描いた絵の色彩感覚の美しさにたじろいだことがあった。バスの車体はびわこ学園の子供たちにペンキで色づけしてもらってはどうか。

湖東・湖西・湖南・湖北ではなく、観光客によっては、仏像に特化して回りたい、戦国武将ゆかりの地に特化して回りたい、樹木植物を観察して回りたい、食べ歩きたいなどという人もいるだろうから、各エリアをまたいで大きく動きたい観光客向けにはタクシーを使ってもらい、オプション料金で、退職シニアの観光ガイドを同乗できるようにしたらよい。退職シニアの観光ガイド試験も、県か市が主催したらよい。

そして、これらミニバスやマイクロバスやパーソナルモビリティは、家庭や飲食店から出る廃棄油を燃料にした何らかのエコロジー車にする。

さらに小さなエリアも設ける。自宅からこれらの停留所までくらいのエリア。このエリアの走行距離は短いから、改良型パーソナルモビリティのドライバー（が属する組織）と個人が契約を結べるようにする。月水金とか、毎月5日15日25日とか、決めた日と時刻で××円という契約にすると安くなるような。あるいは要支援の人や七十五歳以上は安くなったりするようにする。自宅からミニバス・マイクロバス停留所までさえ歩くのが困難な人というのは、必然的に他の介護も受けているはずなので、併用できるようにする。

これらミニバスやマイクロバスやパーソナルモビリティの停留所は、路線規模に応じて他施設の軒先に設ける。

わざわざ新しく建設せずとも、いますでにある総合病院、大型ショッピングセンター、役所、役所の出張所、図書館、シネマコンプレックス、美容院理髪店、スーパーマーケット、クリニック、歯科、レンタルCDコミックショップ、コンビニ、カフェなどの軒先（雨風がしのげて腰かけられる小さなスペース）に停留所を設ける。

「マイカーナシで住める県」の実現を目指すのだから、これら公共小回り交通網（エコロジー型のミニバス・マイクロバス・パーソナルモビリティ）の本数を多くすれば、マイカーは減る。「だってもう、みんな車使うし」になったのは、公共交通網が激減したからなのだから。

むろん、個人の趣味でサンダーバードやキャデラックのような豪気な車に乗りたい人は乗ったらよいいし、個人的に車を所有したい人は持てばよい。マイカーを禁止せよというのではない。

ある時、葬式のために滋賀に行ったところ、鉄道駅から葬儀会場までが歩いて30分だった。先述のとおり、さびしい駅前にタクシーなど一台もない（人影すらない）。30分くらい歩くのは東京で暮らす筆者には日常的なことである。だが、この時は葬式なので喪服を着ており、靴が、平素のスポーツシューズではなく履き慣れないパンプスだった。靴擦れができて、19世紀までの漢民族女性[*]のようによちよちと腰を曲げて歩いた。「痛くて涙が滲

＊纏足の習慣があった

んだ」と葬式の参列者に言ったら、意表をつくリアクションを受けた。「ふだん、歩かへんさかいなあ」。歩かないから足が痛くなったのだという発想しかなかったようだ。滋賀県では靴擦れはしないのである。短い距離でも車なので靴擦れする機会（？）がないのである。

またある時、滋賀から同級生Ｐくんが東京にやってきた。彼と私は二人で川崎に住む、同じく同級生で、体の具合を悪くしているＱさんを訪ねることにした。品川着の新幹線でやってきたＰくんを迎えに行き、そこから川崎に行った。高校生のころはガタイがよくて力持ちだったＰくんなのに、構内乗り換え通路や階段、Ｑさん宅までの道で、「疲れた」「まだ歩くの？」「ちょっとすわって一服したい」「ヒー、階段？　きっつー」等々、いちいち疲れるのである。私は、「すぐそこやんか」「ちょっと昇るだけやんか」「ファイト」などと、いちいち励まさねばならなかった。

葬式参列者やＰくんの例のように、滋賀県では、こんなに歩かない生活をしているのだろうか？　としたら、よくないよ。

歩かないことから老化がはじまり、ひいては介護保険の予算が苦しくなるようなことになってしまう。ここはやはり公共交通網の整備を真剣に見直すべきである。ミニバス・マイクロバス・パーソナルモビリティ案がベストだとは言わないから。

4 離されている

そしてだ。

離さなくてもよいではないか？

と、思うのである。

なぜか離してある、のが現状だ。こればかりは、滋賀にかぎらない。大都市も中都市も小都市も、よほどの例外をのぞいて、離してある。

「そんなに分けて離さんかてええやんか」

と、思うのである。住むところを、世代で分離させずともよいではないか、と。

たとえば、特別養護老人ホーム（以後、特養）。

正面玄関があって、受付やロビーがあって、食堂や談話室があって、入居者の各部屋がある。施設が立っている土地の広さによって建築の規模や面積はちがうものの。

で、特養のそばに介護利用型軽費老人ホーム（以後、ケアハウス）が立っていることはよくある。施設全体の正面玄関を入って、右手が特養、左手奥がケアハウス、みたいに分かれていたりする。だいたい同じ法人が両方を経営している。

特養とケアハウス。*施設の種別は異なるが、でも、右手と左手の建物に住んでいる世代は、二世代ではなく一世代だ。両方とも、おじいさんとおばあさん。

加齢による理由で健康面で不安があったり、あきらかに健康を害しているおじいさんとおばあさんが、一所（ひとところ）で寝食したり入浴したりする。広い庭があって晴れた日には散歩もできて、部屋の掃除でメンドウなところは掃除係の人がしてくれる。ころんだり、急に具合が悪くなったりしたら、助けてくれる人がそばにいてくれる。悪質セールスや詐欺師も近寄りにくい。こんな住居は、おじいさんとおばあさんには安心だし、親族にも安心だし、すべての人間（人種性別問わず）は公平におじいさんとおばあさんになるのだから、安心な施設が立っているのはよい。

だから、それが、なにも他の世代と離れてなくてよいではないか？　と、思うのである。二世代、三世代が、同じ敷地や建物の中で住んだらだめなのか？

＊ケアハウスは60歳以上、特養は65歳以上が対象

「異世代施設」があっていい

滋賀県には、公立私立含めて、大学、短大、専門学校の、18歳以上を対象とした学校が、大阪万博のころとちがって、いまではたくさんある。7歳以下を対象とした保育園、幼稚園も、大阪万博のころより、ずっと数が増えた。放課後の小中学生を対象とした学童クラブもできた。

前から思ってきたのだが、こうした学校や施設を経営する団体と、特養やグループホームやケアハウスや介護老人保健施設（以後、老健）を経営する団体が、なにかをいっしょにできないものなのか？

たとえばその①、滋賀県に「しゃくなげ」というグループホームがあるとして、「もみじ大学」という大学があるとして――。

しゃくなげグループホームと、もみじ大学の住所は、ともに滋賀県○市○町○番地。敷地内には、AビルとBビルとグラウンド、体育館などがある。

Aビルは大学のフロントや講義教室。Bビルが学生寮とグループホーム。

Bビルの1階が、しゃくなげ入居者の部屋。1階だと、救急車が入ってきた時のストレッチャー移動や、災害時の避難が杖使用の入居者にもしやすい。

Bビルの2階が、しゃくなげのフロント、事務室、浴室、洗濯室など。

Bビルの4、5階が、もみじ大学の学生寮。エレベーター利用もできるが、学生はダイエットをかねてせいぜい階段を利用してくれたまえ。

そしてBビルの3階に、大食堂・小食堂・談話室。大食堂は一般学生食堂で、小食堂は「おてつだい学生」とグループホーム入居者が共用する食堂。グループホーム入居者の場合、身体的な介護の度合いは軽度だが、認知症からくる徘徊癖のある人がいるので、それを「おてつだい学生」が見守りながら、いっしょにごはんを食べる。

小食堂にはグループホーム職員が当然つきそうが、「おてつだい学生」になるには介護の基礎的な試験を受けてもらう。合格して「おてつだい学生」になった場合、寮費は半額ほど免除。学費も安くなる。

談話室は学生が利用するのはもちろんのこと、入居者に会いにやってきた家族知人も利用する。学生さんが会話にまじってくれずとも、そばで若々しい笑い声が聞こえるだけで、面会者も入居者も明るい気分になれる。ましてや、ときに、学生さんがまじってくれたら、本当に癒される。入居者の各室の部屋の窓から、グラウンドで元気にスポーツをする学生さんのすがたが見えれば、認知症の入居者には進行をくいとめる刺激になるかもしれない。敷地内の菜園や花壇の世話に入居者が勤しむのもよい。学生のほうも、社会にはいろんな事情を抱えた人がいっしょに暮らしているのだということを皮膚で学べるチャンスとなる。

たとえばその②、「かいつぶり」ケアハウスがあったとして、「うぉーたん」という学童クラブがあるとして——。

かいつぶりケアハウスと、うぉーたん学童クラブも、同じ敷地の、同じ建物にある。

小学生中学生には、塾に通える経済的余力のある家の子もいるが、そうではない子もいる。なら、共用スペースで、かいつぶりのおじいさんとおばあさんが、うぉーたんの子供に、算盤(そろばん)や漢字やお習字や裁縫(かんたんなボタン付けや、マフラー編みとか)を教えたり、うぉーたんの子供がスマホ操作をおじいさんおばあさんに教えたりすればよい。かいつぶりのおじいさんとおばあさんを訪ねてきた親族には高校生もいるだろう。高校生は、小学生中学生からすると、「おにいさん・おねえさん」という感覚である。すると、実の親や学校の先生には話しにくい疑問や悩みを、おにいさん・おねえさんになら話せることがあるかもしれない。

意地の悪いおじいさん、怒りっぽいおねえさん、乱暴なおにいさん、頑固すぎるおばあさん、残酷な子供、無礼な子供も、いるかもしれず、トラブルのおきる可能性はあろう。しかし、それは異世帯施設でなくとも、世界（社会）というものは複数の人間が暮らしているのだから、トラブルがおきない可能性をゼロにすることはできない。

ちなみに、滋賀県花＝しゃくなげ　滋賀県樹木＝もみじ　滋賀県鳥＝かいつぶり　滋賀県イメージキャラクター＝うぉーたん

ケアハウスと保育園、特養と福祉や看護系の専門学校、グループホームと短大が同敷地内にあってもいいのではないか。二世帯住宅なるものが建て売り販売された時、「そっかー、こういうふうに家を設計する方法もあったんだー」と、世のお姑さんとお嫁さんを、少なからずホッとさせた面があったはずである。同じ玄関、同じ台所、同じ風呂場をなくしただけの、ちょっとした発想の転換だった。

なら、二世帯住宅ならぬ、「異世代施設」があってもいいではないか？　パートタイムをしている職場からミニバスに乗って子供を保育園に迎えに行き、保育園と同じ敷地内に

あるグループホームに、子供といっしょに親の様子を見に行き、マイクロバスでスーパーに寄って買い物して、荷物がいっぱいになったら人力車型の改良パーソナルモビリティを利用して家のすぐ手前まで帰る。こんなことができたら？　よくないか？

右に挙げたことは、あくまでもあくまでも、「たとえば」である。右に挙げたことを検討すべきだというのではなく、ちょっとした発想の転換で、滋賀県には（つまり、地方都市には）、「そっかー、この手があったか」と日本国民がほほえむような状態を生み出せる力があるのではないか、がんばってほしいと、期待するのである。

＊＊＊＊＊

最後に、最初にもどろう。
滋賀県は（つまり地方都市は）、三つのユーツと一つの憂鬱を抱えている。
ダサい、臭い、離されている、というユーツ。歩けないという憂鬱。
滋賀県には、このユーツを払拭し、憂鬱を解決する手だてを講じて、わが国における居心地のよい県のモデル県になってほしい。古くさい声援になるが、やっぱり声援なら、これしかない。フレー、フレー。

姫野カオルコ
［ひめの・かおるこ］
作家。1958年滋賀県甲賀市生まれ。『昭和の犬』で第150回直木賞を受賞。『彼女は頭が悪いから』で第32回柴田錬三郎賞を受賞。作品テーマによって筆致が異なり、『ツ、イ、ラ、ク』『終業式』『リアル・シンデレラ』『整形美女』など著書多数。

編集：新里健太郎

忍びの滋賀
いつも京都の日陰で

二〇一九年 十二月三日　初版第一刷発行

著者　姫野カオルコ
発行人　鈴木崇司
発行所　株式会社小学館
〒一〇一－八〇〇一　東京都千代田区一ツ橋二ノ三ノ一
電話　編集：〇三－三二三〇－五九六一
販売：〇三－五二八一－三五五五

印刷・製本　中央精版印刷株式会社

JASRAC 出 1912080-901

Printed in Japan ISBN978-4-09-825360-9

小学館新書
好評既刊ラインナップ

芸人と影
ビートたけし 359

「闇営業」をキーワードにテレビじゃ言えない芸人論を語り尽くす。ヤクザと芸能界の関係、テレビのやらせ問題、そして笑いの本質……。「芸人は猿回しの猿なんだよ」――芸能の光と影を知り尽くす男だから話せる真実とは。

経済を読む力 「2020年代」を生き抜く新常識
大前研一 358

政府発表に騙されてはいけない。増税やマイナス金利、働き方改革などが国民生活を激変させる中、従来の常識に囚われず、未来を見極める力が求められている。世界的経営コンサルタントが説く経済の新常識をQ＆Aで学ぶ。

忍びの滋賀 いつも京都の日陰で
姫野カオルコ 360

実は多くの人が琵琶湖が何県にあるのか知らない、すぐに「千葉」や「佐賀」と間違えられる、比叡山延暦寺は京都にあると思われている、鮒鮨の正しい食し方とは……。直木賞作家が地味な出身県についてユーモラスに綴る。

セックス難民 ピュアな人しかできない時代
宋 美玄 361

ED、更年期障害、体型の変化、セックスレス、相手がいない……。したくてもできない“セックス難民”が増え続けるなか、「それでもしたい！」あなたにおくる、高齢化社会でも“豊潤な人生”を送るための処方箋。

上級国民／下級国民
橘 玲 354

幸福な人生を手に入れられるのは「上級国民」だけだ――。「下級国民」を待ち受けるのは、共同体からも性愛からも排除されるという“残酷な運命”。日本だけでなく世界レベルで急速に進行する分断の正体をあぶりだす。

教養としてのヤクザ
溝口 敦　鈴木智彦 356

闇営業問題で分かったことは、今の日本人はあまりにも「反社会的勢力」に対する理解が浅いということだ。反社とは何か、暴力団とは何か、ヤクザとは何か――彼らと社会とのさまざまな接点を通じて学んでいく。